www.verlagsmo.de

Impressum

Text: Sabine Tressel

Lektorat: Silke Kranz

Umschlag: Stephan Moll

Zeichnungen: Sabine Tressel

Verlag: Stephan Moll Verlag
Burg Ramstein
D-54306 Kordel
info@verlag-smo.de
www.verlagsmo.de

ISBN 978-3-947470-18-1

Bibliografische Information der deutschen Nationalbibliothek. Die Deutsche Nationalbibliothek verzeichnet diese Publikation in der Deutschen Nationalbibliografie; detaillierte bibliografische Daten sind im Internet über http://dnb.d-nb.de abrufbar.

Sinas Sommer

- *Nicht ohne meine Oma* -

Jugendroman

von Sabine Tressel

Der Schal

Wenn mich jemand fragen würde „Wo ist für dich der schönste Ort auf der Welt?“, dem würde ich sofort antworten „In Oma Nitas Garten auf der Hollywood-Schaukel, an einem tollen Sommertag mit Sonnenschein, einem Glas Eistee mit Eiswürfeln vor mir auf dem Tisch und meiner Oma Nita neben mir.“ Ja, das würde ich antworten. Genauso sitze ich übrigens gerade hier, nur die Sonne ist kurz hinter einer kleinen Wolke verschwunden, aber das macht nichts! Vor meinen Füßen liegt mein Hund Milly und kaut genüsslich auf einem Knochen herum.

„Das sieht ja schon ganz gut aus! Bis zu den ersten kalten Herbsttagen bist du bestimmt mit deinem Schal fertig!“, meint Oma optimistisch. Ich blicke ernst zu ihr hinüber: „Diesen Schal werde ich doch hoffentlich bis nächste Woche fertigbekommen, ich habe ja auch noch etwas anderes zu tun."

Wir beide schauen uns einen Moment lang an und prusten dann los vor Lachen! Und wenn meine Oma Nita lacht, dann lacht nicht nur ihr Mund, dann lachen ihre Augen und ihr ganzes Gesicht. Da muss man einfach mitlachen.

Stolz hebe ich meine Stricknadeln mit dem daran hängenden Schal hoch und präsentiere diesen meiner Oma. Heute habe ich bereits ein ganz schönes Stück geschafft, es wird bald Zeit, mit Wolle in einer anderen Farbe weiterzumachen.

Das Stricken hat meine Großmutter mir vor ein paar Jahren beigebracht. Am Anfang war es gar nicht so leicht, weil ich ziemlich ungeduldig bin. Mit der Zeit hat es schließlich immer besser funktioniert und jetzt macht es mir total viel Spaß. Oma konnte nur nicht verstehen, warum ich gerade im Juli mal wieder Lust aufs Stricken bekommen habe. Sie sagt, das wäre eine Winterbeschäftigung, aber ich konnte sie dann doch überzeugen.

Nun betrachtet Oma meinen Schal ganz genau und lobt mich: „Der ist wirklich wunderschön geworden. Wenn du diesen hier fertig hast, möchte ich auch so einen Schal haben, wäre das möglich?"

Kurz muss ich überlegen, bevor ich ihr antworte: „Das könnte allerdings teuer werden, das ist nämlich professionelle Handarbeit, weißt du?"

Jetzt lacht Oma wieder: „Oh ja, das habe ich befürchtet. Vielleicht wünsche ich mir einfach einen selbstgestrickten Schal von dir zu Weihnachten, was hältst du davon?"

„Das ist eine gute Idee. Dann muss ich jetzt aber schnell weiterstricken, sonst bin ich bis Ostern noch nicht fertig", erkläre ich ihr und widme mich erneut meiner Arbeit.

„Was ist bis Ostern nicht fertig?“, fragt Opa Jo. Wo kommt der denn plötzlich her?

„Opa, du hast mich erschreckt.“

„Ach ja, dann hast du ein schlechtes Gewissen!“, behauptet Opa und zieht mir frech an meinem Pferdeschwanz.

„Mann, lass das“, zische ich genervt. Mein Großvater weiß genau, wie er mich ärgern kann. Das macht er gerne.

„Na, wie geht's meiner Lieblingsenkelin?“, will Opa wissen. So kann er mich gut nennen, ich bin ja seine einzige.

„Gut“, antworte ich, „doch jetzt muss ich mich konzentrieren!“ Wenn er mich weiter stört, werde ich diesen Schal nie fertigbekommen!

Daraufhin gibt er sich geschlagen: „Dann lasse ich die Damen mal wieder alleine.“ Er zwinkert mir zu und bückt sich zu Oma herunter, um ihr einen Kuss auf die Wange zu geben. Die beiden gehen immer so süß miteinander um, sie kommen mir manchmal vor wie zwei frisch Verliebte.

Ich bin sehr gerne bei meiner Oma Nita, die eigentlich richtig Anita heißt. Sie wohnt mit Opa Jo nur zwei Straßen entfernt von mir und verwöhnt mich immer, das behaupten zumindest meine Eltern.

Ach so, ich bin übrigens Sina, das habe ich ja noch gar nicht erwähnt. Ich bin 13 Jahre alt und lebe in Harlingen, dem sonnigsten Ort im ganzen Saarland. Bei mir daheim ist die Bude ziemlich voll. In unserem Haus leben meine Mutter Dana, mein Vater Till, meine großen Brüder David und Jakob, unsere Hasen Max und Moritz und unsere Hündin Milly. Als wäre das nicht schon genug, kommt eigentlich ständig irgendjemand zu Besuch. Bei uns ist immer etwas los. Eigentlich mag ich das ganz gerne, doch manchmal möchte ich einfach meine Ruhe. In solchen Momenten verziehe ich mich in mein Zimmer oder ich laufe rüber zu Oma Nita, die meistens zuhause ist und dann auch immer Zeit für mich hat. Meine Mutter Dana arbeitet als Standesbeamtin, bei ihr heiraten jeden Tag verliebte Paare. Sie schwärmt regelmäßig, sie habe den schönsten Beruf der Welt. Wenn ich erwachsen bin, will ich auch auf Mamas Arbeit heiraten, aber erst viel, viel später.

An Tagen, an denen meine Mutter den ganzen Tag arbeiten muss, dürfen meine Brüder und ich bei Oma zu Mittag essen. Sie kann wirklich ganz toll kochen. Nach dem Essen verschwinden David und Jakob immer gleich nach Hause. Sie machen dann Hausaufgaben und verabreden sich mit Freunden. Ich dagegen bleibe gerne noch ein bisschen bei Oma und genieße es, wenn ich sie ganz für mich alleine habe. Manchmal bringe ich meine beste Freundin Nele zu meinen Großeltern mit, aber nicht so oft. Neles Mutter möchte nicht, dass meine Oma noch mehr Arbeit hat, doch ihr macht das nichts aus. Oma Nita sagt immer: „Je voller der Tisch, desto lustiger wird es!“

„Glaubst du, der Schal ist lange genug?“, frage ich jetzt hoffnungsvoll und halte ihn mir um den Hals.

„Oh, Liebes, für einen kalten Winter ist der noch zu kurz“, findet Oma. „Da musst du noch etwas Geduld haben!“

„Also, ich glaube, wenn ich jetzt erst einmal eine Pause mache und ein leckeres Eis esse, dann geht das mit der Geduld wieder ein bisschen besser“, stelle ich entschlossen fest.

„Ja, mein Schatz, da könntest du Recht haben“, meint sie schmunzelnd und drückt mir einen dicken Kuss auf die Wange.

Bald gibt´s Ferien

„Hallo, meine Lieben, da seid ihr ja“, begrüßt uns Oma herzlich.

„Hallo, was gibt’s zu essen?“, fragt David, während er seinen Ranzen gleich neben der Haustür auf den Boden knallt.

„Ich verhungere gleich“, ist Jakobs Begrüßung.

„Na, so weit wollen wir es lieber nicht kommen lassen“, lacht Oma und stellt eine riesige Schüssel mit Klößen auf den Tisch. Sie hat eines unserer Lieblingsessen gekocht: selbstgemachte Klöße mit Gulasch und Rotkraut.

„Oh, cool!“, freut sich Jakob und schon sitzt er als Erster am Tisch. Doch Oma verjagt ihn sofort wieder aus der Küche und scheucht uns alle ins Badezimmer zum Händewaschen. Zwei

Minuten später sitzt die ganze Bande am Küchentisch und lädt sich die Teller voll.

„Ihr haut ja rein, als hättet ihr seit Tagen nichts mehr bekommen“, meint Oma lächelnd.

„Wir sind doch im Wachstum“, erklärt David mit vollem Mund und schiebt bereits die nächste Gabel nach! Belustigt schauen sich unsere Großeltern an. Als Opa wissen möchte, wie lange wir noch zur Schule müssen, bevor die Sommerferien beginnen, antworten David, Jakob und ich wie aus einem Munde: „Nur noch zwei Wochen!“

„Das ist ja nicht mehr lange“, stellt Opa fest.

„Ja, aber in der Schule läuft nicht mehr viel, eigentlich könnte ich jetzt schon zu Hause bleiben“, meint Jakob.

„Na, das könnte dir so passen“, lacht Opa. „Und was habt ihr in den Ferien so vor?“

Jeder fühlt sich angesprochen und will von seinen Plänen für die Ferien berichten. Wir reden wild durcheinander. Jakob erzählt vom

Fußballcamp, dem Zeltlager des Knabenchors und was er sonst noch alles mit seinen Freunden plant. David erzählt gleichzeitig und lautstark, dass er dieses Jahr wieder an der Waldwoche im Nachbarort teilnehmen möchte und unbedingt eine Saisonkarte fürs Freibad braucht. Und ich möchte auch so viel erzählen, doch ich komme hier gerade nicht zu Wort. Ich muss mich einfach noch ein bisschen gedulden. In spätestens 15 Minuten, wenn sie ihre Bäuche voll haben und es ans Aufräumen und Spülen geht, sind meine Brüder in Windeseile verschwunden. Das ist jedes Mal so. Obwohl, das ist ja manchmal auch gut, denn dann habe ich Oma gleich ganz für mich alleine und kann ihr in Ruhe von meinen Plänen erzählen.

„Also, Sina, jetzt erzähl mir mal, was du in den Sommerferien vor hast“, fordert mich Oma etwas später in der Küche auf, während sie warmes Wasser in eine Spülschüssel laufen lässt. Meine Oma Nita hat eine ganz alte Küche, eine Spülmaschine gibt es hier nicht. Sie sagt immer, Opa ist ihre Spülmaschine, da braucht sie keine elektrische und er kostet außerdem keinen Strom.

Während ich mir ein Küchentuch schnappe, um das nasse Geschirr abzutrocknen, muss ich erst überlegen, wo ich anfangen soll: „Also, am ersten Tag der Sommerferien möchte ich mit Nele und ihrer großen Schwester Katrin zum Schüler-Sommerferien-Fest nach Saarbrücken, dort fahren wir mit dem Zug hin. Ich freue mich schon so darauf!", erzähle ich begeistert.

„Ah, das kenne ich gar nicht, was ist das denn genau?", fragt Oma interessiert.

„Das ist eine Veranstaltung des Radiosenders „Saar On Air", einige Moderatoren vom Sender sind auch dort und ganz viele Bands und Sänger. Und vor allen Dingen Mark Forster, kannst du dir das vorstellen? Ich liebe Mark Forster und kann ihn dort live und ganz nahe sehen. Wir versuchen, in die erste Reihe vor die Bühne zu kommen. Ich bin jetzt schon total aufgeregt!“ Vor lauter Schwärmen habe ich ganz vergessen, das Geschirr weiter abzutrocknen. Oma schaut mich ganz erstaunt an.

„Bist du denn schon alt genug, um dort ohne Erwachsene hinzufahren? Und dann so viele Menschen vor der Bühne, drängeln die denn nicht furchtbar?“, fragt Oma etwas besorgt.

„Ich bin doch fast 14, Nele ist schon 14 Jahre alt und ihre Schwester Katrin ist schon 17 Jahre. Dort sind doch nur Schüler und da ist auch ganz viel Platz, es kann gar nichts passieren. Mama hat bereits ja gesagt. Und Oma, Mark Forster!“ Bei so vielen Argumenten muss Oma sich geschlagen geben.

„Na, dann freue ich mich für dich, meine Liebe. Anschließend musst du mir aber genau erzählen, wie es war und ob du diesen Markus Förster wirklich gut gesehen hast.“

Ich kann mich vor Lachen kaum noch halten. „Oma, der heißt doch Mark Forster!“, pruste ich los.

Das blöde Designershirt

Heute sitze ich mit Oma im Wintergarten, während draußen gerade ein schweres Sommergewitter tobt. Es ist richtig dunkel geworden, obwohl es erst früher Nachmittag ist. Im Minutentakt zucken grelle Blitze über den Himmel, gefolgt von grollendem Donner. Milly hat sich in der hintersten Ecke unter Omas Bett versteckt. Eigentlich bin ich kein Angsthase bei Gewittern, aber hier im Wintergarten wird mir schon ein bisschen mulmig, besonders weil es gerade zu regnen beginnt und die dicken Regentropfen laut auf das Dach prasseln. Oma dagegen ist völlig relaxt, sie sitzt in ihrem Korbsessel und trinkt eine Tasse Kaffee. Dabei liest sie in einer Frauenzeitschrift und schaut ganz unauffällig über den Rand ihrer Brillengläser zu mir herüber. Ich liege auf einer Decke auf dem

Boden und versuche mich auf mein Buch zu konzentrieren. Wir müssen es für die Schule lesen und ich habe heute noch 14 Seiten vor mir. Doch dieser Lärm lenkt mich gerade zu sehr ab. Und überhaupt, ich bin irgendwie total genervt und finde keine Ruhe.

„Was ist denn los, Liebes, sollen wir lieber ins Wohnzimmer gehen?“, schlägt Oma vor.

„Nein, schon okay“, wehre ich ab und drehe mich auf die andere Seite. Trotzdem kann ich mich nicht konzentrieren und setze mich schließlich hin.

„Hast du etwas auf dem Herzen, Sina?“, fragt mich Oma ganz vorsichtig. Woher weiß sie das nur, kann sie Gedanken lesen? Ich atme erst einmal tief durch die Nase aus.

„Nee“, sage ich dann ganz langgezogen und lege mich wieder hin.

„Aber du hast doch etwas, Sina, das sehe ich dir an. Willst du es mir nicht erzählen?“, fragt Oma behutsam.

„Ach, es ist nur ...“, beginne ich und halte inne.

„Jetzt mal raus mit der Sprache, sonst werde ich noch wahnsinnig!“, schimpft Oma ungeduldig.

„Also gut“, fange ich an. „Ich habe mich heute Morgen in der Schule total geärgert!“ So, jetzt ist es raus, zumindest der Anfang.

„Mmmhh“, sagt Oma nur und schaut weiterhin in ihre Zeitung. Das liebe ich so an Oma, sie lässt mir Zeit und drängt mich nicht.

„Weißt du, Oma, da ist doch dieses Mädchen in meiner Klasse, Lena. Sie ist total beliebt und total eingebildet und alle Jungs sind in sie verknallt.“

„Ja, von ihr hast du mir schon einmal erzählt“, erinnert sich Oma.

„Genau, und Lena hat sich in Merzig so ein blödes Shirt gekauft, mit einem Frauenkopf darauf, es war total teuer und ist eigentlich überhaupt nicht schön.“

„Aha“, sagt Oma nur und nimmt noch einen Schluck aus ihrer Kaffeetasse.

„Jetzt haben Stella und Jessica sich auch dieses Shirt gekauft. Die drei machen ein riesiges Theater deswegen. Sie haben eine Clique gegründet, in die nur Mädchen dürfen, die dieses blöde Shirt tragen. Emma, die alte Schleimerin, hat natürlich sofort gemeint, dass sie sich heute noch dieses Shirt kaufen wird und auch unbedingt in diese Clique möchte. Bestimmt gehören bald alle Mädchen aus meiner Klasse zu dieser doofen Clique, nur ich nicht“, schimpfe ich wütend und schaue Oma an.

„Möchtest du denn auch dieses Shirt haben, geht es darum?“, fragt Oma vorsichtig nach.

„Nein, ich finde dieses Teil total blöd und es ist mir sowieso viel zu teuer“, erkläre ich bockig.

„Du würdest jedoch gerne zu dieser Clique gehören, habe ich Recht?“, fragt Oma.

„Nein, eigentlich nicht, aber … Ich weiß auch nicht, ich finde das alles einfach ziemlich doof."

„Das kann ich gut verstehen, meine Liebe", sagt Oma und schaut mich mitfühlend an. „Du musst dir einfach überlegen, was dir wichtiger ist: Möchtest du dir dieses Shirt kaufen, das dir eigentlich nicht gefällt, nur um zu dieser Clique zu gehören oder hältst du es aus, dass du in diesem Fall nicht dazu gehörst, bleibst dir aber selbst treu?"

„Oma, das ist gar nicht so leicht", sage ich leise. „Was ist, wenn bald alle Mädchen mit diesem Teil herumlaufen, nur ich nicht?" gebe ich zu bedenken.

„Sina, eines kann ich dir versprechen, es werden sich ganz bestimmt nicht alle Mädchen aus deiner Klasse dieses teure Kleidungsstück kaufen, nur um zu dieser Clique zu gehören. So wichtig ist das vielen nicht. Bleib einfach du selbst", rät mir Oma und lächelt. „Gründe doch eine Clique, in der sich jeder genauso anziehen kann, wie er sich gerade fühlt!“, schlägt sie mir stattdessen vor. Diese Idee finde ich gar nicht so schlecht. „Weißt du, Sina, es wird noch öfter Situationen geben, in denen es so viel einfacher wäre, das zu tun, was die anderen machen. Aber der einfachere Weg ist nicht immer der bessere. Und in einem solchen Moment musst du dir einfach überlegen, was du eigentlich willst und was dir wichtig ist. Das kannst nur du entscheiden und keiner sonst. Vertraue dir selbst, du machst das schon, das weiß ich!“

„Du hast Recht, Oma“, gebe ich zu. „Ich werde es mir nicht kaufen!“, sage ich fest entschlossen.

„Du wirst sehen, nächste Woche interessiert sich kein Mensch mehr dafür, wollen wir wetten?“, fragt Oma und lächelt mich aufmunternd an.

„Ja, könnte sein“, stimme ich zu und fühle mich schon viel besser.

„Oma“, sage ich leise. „Ja, meine Liebe?“

„Danke“.

Der Tag am See

„Hallo, Oma, warum hast du denn am Telefon gesagt, dass ich meinen Badeanzug mitbringen soll?“, frage ich als Erstes, als ich durch Omas Terrassentür stürme.

„Huch, hast du mich jetzt erschreckt, Sina“, sagt Oma und steht aus ihrem Schaukelstuhl auf. „Na, wozu könntest du denn heute, an diesem heißen Sommertag, bei 32° Grad im Schatten, einen Badeanzug brauchen?“ fragt sie mich ganz ernst und hält dabei ihren Kopf schief.

„Cool, wir fahren schwimmen!“, jubele ich und hüpfe wie verrückt durch das ganze Wohnzimmer.

„Wir können sofort los, ich habe uns einen schönen Picknickkorb gepackt und das Auto in der Garage abgestellt, dann ist es nicht so heiß darin“, meint Oma. „Opa Jo bleibt lieber zu Hause, ihm ist es einfach zu warm.“

„Ah, okay! Dann lasse ich Milly hier bei ihm, damit er nicht so alleine ist“, überlege ich und frage nebenbei: „Wo ist Opa, ich will ihm kurz Hallo sagen?“

Ich finde ihn anschließend in seinem Schuppen, wo er gerade an einem Stück Kiefernholz schleift und sich dabei zwischendurch den Schweiß von der Stirn wischt.

„Hallo, Opa, es ist viel zu warm, um zu arbeiten“, tadele ich ihn altklug.

„Hallo, Sina, das freut mich aber, dich zu sehen. Ich mache das hier nur schnell fertig und anschließend setze ich mich in den Schatten auf die Hollywood-Schaukel und trinke ein kaltes Bier. Dir und Oma wünsche ich viel Spaß am Stausee.“

„Danke, schade, dass du nicht mitkommst!“

„Ach, ihr beiden Mädels werdet vor lauter Quatschen mein Fehlen gar nicht bemerken.

Nimm das hier mit und dann kaufst du dir davon ein schönes Eis am Kiosk", sagt Opa und drückt mir ein Zwei-Euro-Stück in die Hand.

„Oh, toll, danke", freue ich mich und gebe ihm einen Kuss auf die Wange. Und schon bin ich weg.

Auf der Fahrt nach Losheim zum Stausee müssen wir dann doch noch ganz schön schwitzen, weil die Sonne erbarmungslos durch die Autoscheibe knallt. Als wir endlich einen Parkplatz finden, sind Oma und ich bereits klatschnass geschwitzt. Mit Decke und Korb bepackt machen wir uns auf den Weg zum See. Hier ist richtig viel los, die Wiese ist übersät mit Decken und Handtüchern und im Wasser tummeln sich jede Menge Leute. Mit viel Glück finden wir noch einen schattigen Liegeplatz unter der riesigen Weide und breiten dort unsere Picknickdecke aus. Sofort mache ich es mir darauf bequem, lege mich lang hin und schließe meine Augen, um ein bisschen zu dösen. Unter dieser Weide ist mein absoluter Lieblingsplatz hier am See. Ihre langen Äste mit den vielen schmalen Blättern daran hängen über uns herunter wie ein Zeltdach. Bei jedem Windhauch beginnen die Blätter zu schwingen und erzeugen dabei ein angenehmes Rauschen. Ich liebe es, einfach nur da zu liegen, die Augen zu schließen und diesem beruhigenden Geräusch zuzuhören. Dabei kann ich mich völlig entspannen.

„Hey, Sina, cool, dass du auch hier bist", höre ich plötzlich eine bekannte Stimme neben mir. Es ist Lisa, eine Freundin aus meiner Klasse. Als ich meine Augen öffne, bin ich ganz geblendet von der grellen Sonne.

„Hi, Lisa, ja, wir sind eben erst angekommen!", begrüße ich sie.

„Hast du schon gesehen, wer da vorne im Wasser mit Sebastian Ball spielt?", fragt Lisa und deutet mit einem breiten Grinsen Richtung See. Neugierig setze ich mich auf und blinzele mit meinen Augen, um auf dem schimmernden Wasser etwas erkennen zu können. Oh nein, es ist Lennard. Ein Junge aus meiner Parallelklasse. Er wohnt auch in Harlingen, nicht weit von unserem Haus entfernt. Wir kennen uns schon, seit wir Babys waren. Als wir noch jünger waren, haben wir oft miteinander gespielt, doch in letzter Zeit nicht mehr. Irgendetwas hat sich verändert, nachdem wir von der Grundschule auf die weiterführende Schule gewechselt hatten. Wir stehen uns nicht mehr so nahe wie früher, sind uns irgendwie fremd geworden. In den letzten Wochen hat sich für mich jedoch noch etwas verändert. Immer wenn ich Lennard jetzt sehe, beginnt es plötzlich in meinem Bauch zu kribbeln. Dieses Gefühl kann ich gar nicht richtig beschreiben, wie Luftblasen, die durch meinen Magen wirbeln und dann zerplatzen.

Früher fand ich ihn nur ganz nett, doch jetzt finde ich ihn richtig süß.

„Oh nein", kichere ich. „Lennard!"

„Ja, er ist mit seinem großen Bruder alleine hier, er wird erst heute Abend von seinen Eltern abgeholt. Ist das nicht cool?"

„Ja!", entgegne ich grinsend. Lisa grinst zurück und fragt, ob ich mit ihr zu den Jungs ins Wasser komme.

„Ich bleibe noch ein bisschen bei meiner Oma auf der Decke und esse erst etwas, aber später komme ich nach", verspreche ich Lisa und schnappe mir den Picknickkorb, um nachzuschauen, was Oma Leckeres eingepackt hat. Ich schiebe mir eine Traube nach der anderen in den Mund und beobachte dabei Sebastian, Lennard und Lisa, wobei ich versuche, so zu tun, als würde ich einfach nur in der Gegend herumschauen.

Oma sieht von Ihrer Zeitschrift auf und fragt überrascht: „Warum sitzt du hier eigentlich immer noch so faul herum, möchtest du gar nicht zu deinen Freunden ins Wasser?"

„Ja, doch", antworte ich und fühle mich ertappt.

„Dieser hübsche blonde Junge da vorne, ist das nicht dein Freund Lennard aus Harlingen?", fragt Oma interessiert.

„Äh, er ist nicht mein Freund", beeile ich mich zu sagen. Ich kann förmlich spüren, wie mir die Röte ins Gesicht schießt.

„Früher haben Nele und du doch immer mit ihm gespielt!", erinnert sich Oma.

„Ja, wir waren in der Grundschule zusammen in einer Klasse aber seit wir auf der weiterführenden Schule sind, haben wir nicht mehr so viel miteinander zu tun", erkläre ich ganz beiläufig. Ehrlich gesagt sehe ich Lennard jeden Tag auf dem Schulhof. Nele und ich setzen uns immer auf den Baumstamm gegenüber der Stelle, an der Lennard mit seinen Kumpels Fußball spielt. Wir tun so, als würden wir nur so dasitzen und uns unterhalten, doch in Wirklichkeit beobachten wir ihn und seinen besten Freund Sam die ganze Zeit. Wir beobachten sie, wie sie quatschen und einen auf cool machen. Und wenn Lennard lachen muss, hält er sich immer so süß seinen Bauch mit der Hand fest und man sieht so schön seine Grübchen auf den Wangen und ...

„Erde an Sina, bist du noch da?“, fragt Oma grinsend. Oh je, ich war völlig in meinen Gedanken versunken. „Was ist nun, kommst du mit ins Wasser? Also ich gehe jetzt eine Runde schwimmen, aber weiter dort drüben, da ist es ruhiger. Na los, worauf wartest du?“

Ich gebe mich geschlagen und stehe langsam auf. Dann nehme ich noch einmal tief Luft und steuere aufs Wasser zu. Vorsichtig setze ich meinen rechten Fuß ins Wasser und ziehe ihn sofort wieder zurück. Mann, ist das kalt. Jetzt bloß cool bleiben, denke ich, als Lennard herüberschaut. Ich winke ihm zu, er lächelt und winkt mir zurück. Oh Gott, ich bekomme jetzt schon weiche Knie. Er bedeutet mir mit der Hand, dass ich zu ihnen herüberkommen soll. Also los, jetzt ist es sowieso zu spät. Ich beiße die Zähne aufeinander und gehe ganz langsam Stück für Stück tiefer in den kalten See.

„Hallo, Leute“, begrüße ich die drei locker, als ich kurz vor ihnen ankomme. Sebastian heißt mich mit einer riesigen Ladung Wasser willkommen. Er legt sich auf den Rücken und strampelt wie ein Verrückter mit den Füßen in meine Richtung. Ich tauche einfach unter und komme erst fünf Meter weiter wieder an die Wasseroberfläche. Damit hat er wohl nicht gerechnet! Lisa freut sich: „Cool, dann können wir jetzt zwei gegen zwei spielen! Was haltet ihr von Mädchen gegen Jungen?“

„Ich glaube, das ist ein bisschen unfair!“, meldet sich Lennard zu Wort. „Sina, bleib du bei mir und Lisa spielt mit Sebastian, was haltet ihr davon?“ schlägt er vor.

„Alles klar“, ist Lisa einverstanden. „Aber wir Mädels hätten euch auch so abgezogen!“

Wir spielen im Wasser Volleyball und Lennard und ich sind dabei ein gutes Team. Wir bekommen fast jeden Ball und klatschen uns nach einigen extrem gelungenen Angriffen sogar ab. Es macht richtig viel Spaß. Gerade laufe ich in Zeitlupe durchs brusttiefe Wasser, um den Ball wieder zu holen, da spüre ich, wie jemand meine Beine wegzieht. Im nächsten Moment sehe ich nur noch trübes Wasser vor meinen Augen und schnappe nach Luft, erwische jedoch leider lediglich eine Ladung Wasser. In totaler Panik strampele ich mich an die Wasseroberfläche und huste und spucke und schnappe nach Luft. Das muss ja ein herrlicher Anblick sein, wie ich prustend und keuchend mit geröteten Augen und tropfenden

Haaren dastehe und versuche, wieder zu Atem zu kommen. Da taucht Lennard neben mir auf.

„Mann, Sina, tut mir total leid. Ich wollte dich nur ein bisschen tauchen, sorry, das war wohl keine so gute Idee. Geht es wieder?“, fragt er ganz erschrocken und klopft mir etwas unbeholfen auf den Rücken. Oh Gott, ist das peinlich. Ich kann gar nicht mehr reden vor lauter Scham. Lennard legt seinen Arm um meine Schultern und führt mich vorsichtig ins niedrigere Wasser. Langsam finde ich meine Fassung wieder. Mit den Händen reibe ich mir mein Gesicht trocken und streiche meine langen Haare aus den Augen und der Stirn. Hoffentlich sehe ich nicht aus wie ein begossener Pudel!

„Mann, Lennard, das war wirklich mies“, bringe ich jetzt endlich heraus.

„Ja, das stimmt, ich wollte dich eigentlich nur ein bisschen ärgern, nicht ertränken!“, sagt er mit schiefem Lächeln. „Ich brauche dich doch noch, wir müssen schließlich das Spiel gegen diese Loser gewinnen."

Eigentlich bin ich völlig fertig, mein Hals schmerzt vom Husten und Würgen und meine Augen brennen. Das Ganze ist mir superpeinlich. Aber Lennard schaut mich so süß an, dass ich nicht anders kann und wieder mit ihm zu den anderen zurückgehe, um weiterzuspielen.

Später sitze ich neben Oma Nita auf der Decke, esse von ihrem selbstgebackenen Nusskuchen und grinse vor mich hin.

„Es war ein schöner Tag heute, nicht wahr?", fragt Oma gähnend. „Wir sollten jetzt langsam einpacken, wenn du mit deinem Kuchen fertig bist."

„Ja, das war wirklich ein total cooler Tag", sage ich glücklich und lehne mich an ihre Schulter.

„Oma Nita, können wir morgen wieder hierher fahren?“

Opa Jo und Oma Nita

Heute kann ich schon ganz früh zu Oma Nita. Weil die letzten beiden Stunden ausgefallen sind, hatten wir nur bis 11:40 Uhr Schule. Ich bin die Erste, die aus dem Bus springt, und rufe Nele noch schnell „Tschüss“ über die Schulter zu.

„Hey Sina, kommst du später vorbei?“, ruft mir meine Freundin hinterher.

„Ja, klar, aber erst heute Nachmittag!“, erwidere ich. Es ist schon toll, wenn die beste Freundin genau gegenüber wohnt. Jetzt möchte ich rasch zu Oma, meine freie Zeit genießen. Auf meinem Endspurt zum Haus sehe ich aus dem Augenwinkel die schönen roten Erdbeeren in Omas Garten. Deshalb laufe ich rüber zum Erdbeerbeet und pflücke mir die dicksten. Mmmhh, schmecken die süß und lecker.

„Ein Dieb, haltet den Dieb in meinem Garten“, ruft eine Männerstimme hinter mir.

„Oh Gott, Opa, hast du mich erschreckt!“, fahre ich hoch. Mein Großvater lacht sich halb kaputt. Er kriegt sich gar nicht mehr ein. Vor Schreck habe ich alle Erdbeeren aus meiner Hand fallen lassen. Als ich sie gerade aufhebe, tritt Oma vor die Tür.

„Was ist denn hier los?“, ruft sie erstaunt und schaut von Opa zu mir und wieder zurück zu Opa.

„Ich habe deine Enkelin ganz schön erschreckt“, lacht dieser immer noch.

„Ja, das hast du. Was machst du da eigentlich?“, frage ich neugierig.

„Ich streiche unseren Gartenzaun. Das wollte ich schon im Frühling erledigen und bin nie dazu gekommen. Ich hätte heute Morgen früher anfangen sollen, jetzt ist es fast zu warm, um in der prallen Sonne zu arbeiten“, sagt Opa und reibt sich mit dem Handrücken den Schweiß von der Stirn.

„Komm doch bitte einen Moment aus der Sonne, Jo, und trinke etwas“, schlägt Oma ihm vor und kommt zu mir ins Erdbeerbeet. Wir pflücken uns beide ein paar Erdbeeren und stecken sie uns direkt in den Mund.

„So schmecken sie immer am besten, was, Sina?“, fragt Oma lächelnd. Da muss ich ihr Recht geben.

„Opa, soll ich dir beim Streichen helfen?“

„Wenn du möchtest, Sina, ich wäre ganz froh über etwas Hilfe!“, antwortet er.

„Aber mich lässt du nicht helfen!“, sagt Oma eingeschnappt und macht ein beleidigtes Gesicht.

„Anita, ich weiß, wie viel Arbeit du im Garten und im Haus hast, da möchte ich doch nicht, dass du dir deinen Rücken beim Zaunstreichen verbiegst“, erklärt er.

„Na gut“, gibt Oma sich geschlagen. „Sinas Hilfe wirst du dagegen wohl annehmen?“

„Natürlich, aber erst nach der Mittagspause“, willigt er ein und begleitet uns ins Haus. Heute gibt es leckere Gemüsesuppe mit Brötchen. Eigentlich war heute nicht geplant, dass ich bei Oma esse, allerdings hat sie wie immer genug gekocht, da komme es auf einen Esser mehr oder weniger nicht an, meint sie. Trotz der Hitze habe ich einen riesigen Hunger und lange kräftig zu.

Nach dem Essen legt sich Opa für fünf Minuten auf die Couch, wie er zu sagen pflegt. In Wirklichkeit machen meine Großeltern immer ein ausgiebiges Mittagsschläfchen. Danach gehe die Arbeit wieder wie von selbst, sagt Opa immer. Nach dem Essen spülen Oma und ich die Teller ab und gehen anschließend mit zwei Gläsern Apfelschorle auf die Terrasse. Oma macht es sich auf der Sonnenliege gemütlich und ich setze mich mit meinem Buch auf die Hollywood-Schaukel. So könnte ich hier ewig sitzen. Ich bin völlig in mein Buch vertieft, als Opa plötzlich vor mir steht.

„So, meine Hübschen, ich bin bereit zum Streichen. Sina, bist du dabei?“, fragt er und klatscht voller Elan in die Hände.

„Jetzt schon?“, frage ich müde zurück und muss mich erst einmal strecken. Opa geht schon nach draußen.

„Sina, du musst dich vorher mit Sonnenmilch eincremen und dir etwas auf den Kopf setzen!“, erinnert mich Oma. Eingecremt und mit Omas Strohhut auf dem Kopf mache ich mich an die Arbeit. Ich trage ein altes, kurzärmeliges Hemd von Opa über meinen Kleidern, damit ich sie nicht mit Farbe bekleckere. Er streicht den Zaun von innen und ich von außen. So sitzen wir uns gegenüber und können zwischendurch ein bisschen quatschen. Opa meint:

„Siehst du, Sina, diese Arbeit ist nichts für Omas Rücken!"

„Ja, das stimmt, aber sie hätte dir gerne geholfen", erinnere ich ihn.

„Sie soll sich lieber schonen, ich brauche sie ja noch länger", lacht er.

„Du Opa, wie haben du und Oma euch eigentlich kennengelernt?" Er überlegt ein bisschen, wie er anfangen soll, dann beginnt er zu erzählen.

„Weißt du, mein alter Freund Michel hatte Oma eigentlich zuerst im Auge. Er hatte sie im Blumenladen gesehen und sie für Samstagabend zum Tanz eingeladen. So hieß das früher bei uns. Er hatte mir auch von ihr erzählt und sie mir ausführlich beschrieben. Doch als ich sie an diesem Abend zum ersten Mal sah, da stockte mir der Atem. Deine Oma war das hübscheste Mädchen im ganzen Saal, ach, was sage ich, sie war das hübscheste Mädchen, das ich je gesehen hatte. Michel stellte sie mir vor, und als ich ihr die Hand gab und sie mich anlächelte, war es um mich geschehen. Dennoch gab es da ein Problem!"

„Klar, sie war Michels Freundin", werfe ich ein.

„Nun ja, nicht direkt seine Freundin, eher seine Begleitung. Er hatte aber schon die Absicht, dass sie an diesem Abend seine Freundin werden sollte", erzählt Opa weiter. „Michel sah mich an und runzelte die Stirn, er hatte meinen Blick gesehen und kannte mich gut. Den ganzen Abend tanzte er mit ihr, brachte ihr Getränke und ließ sie nicht aus den Augen. Und ich schaute mir das den ganzen Abend an und biss die Zähne aufeinander. Michel war mein bester Freund, trotzdem, diese Frau war die Frau meines Lebens, das wusste ich." Opa strahlt und ich glaube ihm jedes Wort.

Eifrig erzählt er weiter: „Erst als es schon spät war und viele Leute bereits gegangen waren, nahm ich meinen ganzen Mut zusammen, ging auf die Tanzfläche, wo sie mit Michel tanzte, und bat sie um einen Tanz. Michel übergab sie mir nur widerwillig. Und dann hielt ich Anita zum ersten Mal im Arm. Sie war damals 20 Jahre jung, groß und schlank. Sie hatte langes, blondes Haar mit herrlichen Locken und natürlich gefielen mir ihre strahlend blauen Augen, die sie heute ja immer noch hat. Wir tanzten und unterhielten uns und verstanden uns auf Anhieb sehr gut. Wenn ich einen Witz machte, warf sie lachend ihren Kopf zurück. Das tut sie ja heute immer noch so, wie du weißt. Ich wollte sie am liebsten nie mehr loslassen, doch da klopfte mir plötzlich Michel auf die Schulter. Er wollte wieder übernehmen. Deine Oma bat uns beide um eine kleine Verschnaufpause, sie müsse sich etwas frisch machen. Und damit verschwand sie Richtung

Damentoilette. Michel sah mich böse an und fragte mich, was ich von seiner Begleitung wolle. Da erklärte ich ihm, dass ich mich unsterblich in sie verliebt hatte. Er wurde richtig wütend, denn er fand sie selbst sehr hübsch und nett und wollte sich seine Chancen von mir nicht nehmen lassen. Ich sagte Michel, dass er zwar mein bester Freund sei, Anita aber ohne Zweifel die Frau meines Lebens. Er würde alles von mir bekommen, wenn ich sie heute Abend nach Hause bringen dürfte. Doch das wollte er nicht, deshalb machte ich ihm einen Vorschlag: Falls ich es schaffen würde, dass sie mich heute Abend auf diesem Fest noch küsst, müsste er sie mir überlassen. Erst lachte er mich aus, trotzdem willigte er daraufhin belustigt ein.“

„Und dann?“, frage ich ganz aufgeregt. Ich habe schon vor Minuten aufgehört zu streichen, weil die Geschichte so spannend und romantisch ist.

„Als Anita dann aus dem Waschraum kam, hatte ich uns zwei Cola gekauft und ging mit ihr ein bisschen an den nahegelegenen See spazieren. Um den See herum standen Fackeln, deren Licht sich im Wasser spiegelte und man hörte noch leise die Musik. Wir redeten über alles, was uns gerade beschäftigte. Es war wundervoll, sich mit ihr zu unterhalten. Ich hatte mich bereits Hals über Kopf in sie verliebt. Als wir den See umrundet hatten und nur noch wenige Meter vom Festsaal entfernt waren, nahm ich Anitas Hand, gestand ihr, was ich für sie empfand und erzählte ihr von der Abmachung mit Michel. Sie schaute mich wütend an und sagte, sie sei kein Püppchen, um das zwei Trottel wie wir sich streiten dürften. Dann ließ sie meine Hand los und ging schnellen Schrittes zurück in den Saal. Ich schaute ihr nach und bereute, dass ich so ehrlich zu ihr gewesen war. Es war mir damals schlicht als der einzig richtige Weg erschienen.

Ich atmete tief durch und ging mit hängenden Schultern ebenfalls zurück in den Saal. Ich wollte nur noch meinen Frust ertränken."

Opa hält kurz inne, seufzt und spricht weiter: „Etwas später stand ich an der Theke und hielt Ausschau nach ihr. Die Band hatte gerade Damenwahl ausgerufen, das bedeutet, dass die Frauen die Männer zum Tanz auffordern sollen. Plötzlich tippte mir jemand von hinten an den Rücken. Als ich mich umdrehte, sah ich direkt in Anitas schöne, blauen Augen. Sie nahm mich an der Hand und ging mit mir auf die Tanzfläche. Dort tanzten wir dann, Lied für Lied, und ließen uns gar nicht mehr los. Und als ich dachte, es könnte nicht mehr schöner werden, da küsste sie mich. Einfach so. Und von diesem Moment an waren wir unzertrennlich."

„Unzertrennlich", wiederhole ich langsam. „Aber was war mit Michel?", frage ich neugierig.

„Nun ja, so einfach konnte er das nicht auf sich sitzen lassen. Nachdem ich in dieser Nacht Anita nach Hause gebracht hatte, ging ich hüpfend und singend vor Freude nach Hause. Und dort wartete Michel vor unserem Haus."

„Oh nein, und dann?"

„Na, dann hat er mir eine reingehauen, so regelte man das früher", erzählt Opa weiter.

„Oh Gott, hat dir das sehr wehgetan?", will ich ganz entsetzt wissen.

„Ach, das ging schon. Ich wusste, ich hatte es verdient und wollte meinen besten Freund nicht verlieren. Als wir uns ein paar Tage später zum ersten Mal wiedersahen, war alles vergessen und Michel hatte meine Beziehung zu Anita akzeptiert."

„Und er ist heute immer noch dein bester Freund", stelle ich fest.

„Oh ja, das ist er, und übrigens habe ich ihn ja dafür etwas später mit Marlene verkuppelt!", sagt Opa stolz.

„Mit seiner Frau Marlene?“, frage ich überrascht.

„Ja, klar, das habe ich eingefädelt, aber das erzähle ich dir ein anderes Mal. Jetzt müssen wir wieder an die Arbeit“, bestimmt Opa und streicht weiter.

Mann, hat Oma ein Glück, denke ich. Ich hätte auch gerne mal, dass sich zwei Jungs um mich schlagen. Oder besser doch nicht!

Ein blöder Tag

„Oh, hallo, meine Liebe, da bist du ja“, ruft Oma erfreut aus der Küche.

„Hallo, Oma“, rufe ich zurück und versuche so fröhlich wie möglich zu klingen. Dabei bin ich überhaupt nicht fröhlich, ich bin wütend und traurig und total fertig, einfach alles zusammen.

„Ist irgendetwas nicht in Ordnung, Sina?“, fragt Oma ganz lieb. Woher weiß sie das jetzt wieder, kann sie hellsehen oder kennt sie mich wirklich so gut? Krampfhaft versuche ich, meine Tränen herunterzuschlucken: „Ach, eigentlich ist gar nichts in Ordnung“, bringe ich gerade so heraus. Da kommt Oma schon auf mich zu und nimmt mich in die Arme. Jetzt ist es zu spät, ich lasse meinen Tränen freien Lauf und weine und schluchze und kann gar nicht mehr damit aufhören.

„Oh, meine arme Sina, was ist denn nur passiert?“, fragt Oma ruhig. Als ich mich ein bisschen gefasst habe, lässt sie mich behutsam los und schiebt mich auf einen Küchenstuhl.

„Jetzt atme erst einmal tief durch und beruhige dich. Soll ich dir einen warmen Kakao machen?“

Ich kann nur nicken, und Oma reicht mir ein Taschentuch und streichelt mir mit ihrer Hand über die Wange.

Etwas später stellt sie uns zwei Tassen mit warmem Kakao und eine kleine Porzellanschale mit Keksen auf den Tisch und setzt sich seufzend zu mir. Liebevoll fährt sie mir mit ihrer Hand über den Kopf und tätschelt ihn dabei ein bisschen. Normalerweise würde ich sagen: „Lass das, ich bin doch kein Hund“, aber im Moment tut es einfach nur gut. Oma nimmt vorsichtig einen Schluck von ihrem Kakao und schaut mich dann erwartungsvoll an. Ich spüre einen dicken Kloß in meinem Hals. Eigentlich will ich ihr gerne erzählen, was heute in der Schule passiert ist, doch es ist mir so peinlich.

„Willst du mir nicht sagen, was dich so traurig macht?“, fragt Oma vorsichtig. Sie ist sehr besorgt, das merke ich.

Deshalb gebe ich mir einen Ruck, es muss jetzt einfach raus, sonst platze ich. Mit belegter Stimme beginne ich zu erzählen: „Diese blöde Kuh Jessica“, platzt es aus mir heraus und schon wieder laufen mir Tränen über die Wangen.

„Dieses Mädchen aus deiner Klasse?“, hakt Oma Nita behutsam nach.

„Ja. Heute Morgen in der großen Pause habe ich mich wohl versehentlich auf etwas Dreckiges gesetzt. Ich weiß nicht, wann oder wo das passiert ist und ich habe es auch nicht bemerkt. Als wir wieder in der Klasse waren, hat Jessica auf einmal durch die ganze Klasse gebrüllt, was ich denn da am Hintern hätte.“

„Guckt mal alle, äh, wie eklig!“, ahme ich sie nach.

„Natürlich haben mich dann alle angestarrt und die ganze Klasse hat gelacht, ich wäre am liebsten gestorben. Und dann meinte sie noch, sie nenne mich heute nur noch ‚Fleck am Arsch‘. Ich wollte schon hinauslaufen, ausgerechnet da kam unsere Lehrerin Frau Müller in die Klasse. Sie sagte, wir sollen uns setzen und nicht so laut sein, man würde uns bis in den Flur hören. Ich habe mich gemeldet und gefragt, ob ich kurz zur Toilette kann. Aber sie sagte nur, dass ja gerade erst Pause war und ich mich jetzt gedulden müsste.“

„Oh nein, und wie ging es dann weiter?“, fragt Oma aufgeregt.

„Ich bin aufgestanden und zu Frau Müller gegangen. Ich habe ihr erklärt, dass ich wohl einen Fleck am Po habe, gerade alle deswegen gelacht haben und ich bitte zur Toilette möchte, damit ich das wegmachen kann“, erzähle ich weiter und wische mir erneut eine Träne weg.

„Das hast du super gemacht, Sina. Jemand anderes hätte sich nicht getraut und wäre nur sitzen geblieben, das hast du richtig gut gelöst, mein Schatz“, versichert mir Oma.

„Frau Müller sagte dann, wenn das so sei, wäre das völlig in Ordnung und ich solle in Ruhe meine Hose in Ordnung bringen und nicht traurig sein. Das könne jedem mal passieren.“

„Sehr gut, da hat sie ja auch Recht“, bekräftigt Oma mich.

„Als ich unten auf der Toilette den Fleck gesehen habe, habe ich mir Tücher genommen und versucht, ihn wegzuwischen und die Hose unter dem Händetrockner wieder zu trocknen. Währenddessen kam Nele, um nach mir zu schauen. Frau Müller hatte sie extra zu mir geschickt. Das fand ich voll lieb. Und Nele hat mir erzählt, dass unsere Lehrerin zu der gesamten Klasse gesagt hat, man müsse sich über das Pech von jemand anderem nicht noch lustig machen. Dass so etwas jedem passieren und man einen Mitschüler auch leise darauf aufmerksam machen kann. Da musste ich gleich wieder heulen, so froh war ich." So, jetzt ist die ganze Geschichte heraus und es Oma zu erzählen, war gar nicht so peinlich. Eigentlich bin ich richtig froh, darüber gesprochen zu haben. Das hat gutgetan und jetzt fühle ich mich gleich schon etwas besser.

„Ach, Sina, was soll ich dazu sagen? Ich möchte deine Freundin Jessica ja nicht schlecht machen, aber ...", fängt Oma an.

„Jessica ist eigentlich keine richtige Freundin von mir", beeile ich mich zu sagen.

„Ja, das kann ich verstehen. Es ist keine schöne Eigenschaft, andere bloßzustellen oder extra zu beleidigen und zu verletzen", meint Oma.

„Das stimmt, doch Jessica ist so. Sie macht häufig andere fertig. Sie spielt sich immer auf und hat schon öfter etwas Doofes über Nele oder mich gesagt und immer extra laut, damit es alle mitbekommen", erkläre ich wütend.

„Oh ja, solche Menschen kenne ich leider nur zu gut. Aber überlege mal, Sina, mögen dich viele Menschen?", fragt mich Oma und schaut mir direkt in die Augen.

„Äh, ja, ich glaube schon", sage ich vorsichtig.

„Oh ja, Sina, das kann ich dir mit Sicherheit sagen", antwortet Oma voller Überzeugung. „Und was glaubst du, warum dich so viele Menschen mögen?"

„Ich denke, weil ich ganz nett bin", meine ich zögernd.

„Sina, du bist nicht nur nett! Du bist so ein lieber Mensch, du bist aufmerksam und rücksichtsvoll. Und du bist ehrlich und freundlich. Du würdest nie einem anderen absichtlich schaden."

„Danke“, sage ich ganz überrascht und stehe auf, um meine Oma zu drücken. So etwas Liebes hat noch nie jemand zu mir gesagt.

„Und es stimmt. Diese Jessica bekommt anscheinend nur durch ihre gemeinen Sprüche Aufmerksamkeit. Das ist doch eigentlich traurig. Sie muss sich durch so etwas in den Vordergrund stellen, weil sie glaubt, dass sie sonst nicht gesehen wird. Diese Jessica kann einem ja fast leidtun. Hat sie denn viele Freunde?“, fragt Oma interessiert.

„Ja, schon“, gebe ich zu.

„Aber was glaubst du, ihre ‚Freunde‘, sind das Menschen, die sie wegen ihrer guten Eigenschaften mögen? Ich könnte mir vorstellen, dass viele nur mit ihr befreundet sind, um nicht selbst von ihr gemobbt zu werden. Hast du dir das schon mal überlegt?“

„Nein, eigentlich nicht, kann jedoch gut sein“, gebe ich zu.

„Ist es nicht schöner, beliebt zu sein, weil man ein guter Mensch ist? Versuche mal, dieses Mädchen besonders zu beachten, wenn sie nett ist. Und wenn sie so blöd oder beleidigend ist, ignoriere sie einfach. Vielleicht lernt sie es dadurch. So bringt man schon kleinen Kindern bei, was gut und was schlecht ist. Vielleicht hat sie nie gelernt, dass man andere Menschen nicht so behandelt. Man müsste sie einmal fragen, ob sie gerne so behandelt werden möchte!“

Oma ist richtig wütend geworden. Jetzt atmet sie einmal tief durch und nimmt einen großen Schluck von ihrem warmen Kakao, um sich wieder zu beruhigen. Danach beugt sie sich zu mir herüber und gibt mir einen dicken Kuss auf die Wange.

„Ach Sina, solche ‚Jessicas‘ begegnen einem leider immer wieder im Laufe des Lebens. Nimm dieses Mädchen nicht so wichtig und lass ihre Sprüche an dir abprallen. Dann verliert sie die Lust daran, wenn sie dadurch keine Beachtung findet. Du hast viele gute Freunde, weil du so bist, wie du bist!", sagt Oma stolz. „Und mit Nele hast du eine ganz tolle beste Freundin."

„Ja, das stimmt. Und mit dir habe ich eine ganz tolle beste Oma", erwidere ich lächelnd und umarme sie ganz fest.

Überredungskunst

„Oh Mann, das ist echt so gemein", schimpfe ich vor mich hin.

„Ich finde das auch total beschissen", bekräftigt Nele und kickt mit ihrem Fuß einen Stein auf Omas Einfahrt weg.

„Hey, wer flucht denn hier wie ein betrunkener Seemann?", ruft eine Stimme aus dem Schuppen.

„Na wir, Opa, ist doch wahr", rufe ich zurück und öffne die Terrassentür zum Haus. Oma sitzt auf der Couch und schaut sich eine Sendung an.

„Hallo, das ist ja eine schöne Überraschung! Oh, und Nele ist auch dabei, das freut mich", begrüßt uns Oma lächelnd.

„Wenigstens du kannst dich freuen", sage ich mürrisch und lasse mich dramatisch neben ihr auf die Couch fallen.

„Oje, was ist denn mit euch los, ist etwas passiert?"

„Nein, das ist ja gerade das Problem, weil eben nichts passiert", entgegne ich genervt.

„Und was heißt das genau?", fragt Oma noch einmal nach.

„Du kennst doch die Hütte, die meine Brüder Jakob und David vor ein paar Jahren auf der Wiese hinter unserem Haus gebaut haben?"

„Ja, sicher, die kenne ich", erinnert sich Oma und erkundigt sich, ob die Jungs ihre Hütte überhaupt benutzen.

„Nein, schon länger nicht mehr, aber sie ist echt noch super in Schuss. Na ja, sie müsste dringend aufgeräumt und sauber gemacht werden und einen neuen Anstrich könnte sie auch gebrauchen. Trotzdem ist das Häuschen ansonsten richtig gut", erkläre ich. „Nele und ich haben eben vor Anton Webers Haus eine tolle Couch gefunden. Er hat sie für den Sperrmüll morgen an die Straße gestellt, dafür ist sie wirklich viel zu schade. Sie wäre perfekt für unsere Hütte."

„Ich verstehe, aber dürft ihr die Hütte denn von den Jungs übernehmen?", fragt Oma skeptisch.

Nun meldet sich Nele zu Wort: „Ja, wir sind gleich zurück nach Hause gelaufen. Sina hat Jakob gefragt und er meinte, dass sie die Hütte sowieso nicht mehr benutzen und wir sie haben können."

„Und wo genau liegt jetzt euer Problem?", fragt Oma etwas verwirrt.

„Dann haben wir Mama gefragt, ob Papa die Couch von Webers mit dem Autoanhänger abholen und zu uns nach Hause bringen könnte", erzähle ich weiter. „Doch Mama meinte nur, wir sollten das alte Ding dort lassen, wo es steht. Sie wollte es sich nicht einmal mit uns anschauen", erkläre ich entrüstet. „Oma, gehst du bitte mit uns rüber zu Antons Haus und siehst dir die Couch an? Sie sieht ganz toll aus und wir machen sie auch wieder richtig sauber, oh, bitte!", bettele ich.

„Sina, das kann ich nicht machen. Wenn deine Mutter nein sagt, kann ich nicht ja sagen, das habe ich nicht zu entscheiden", antwortet Oma ruhig und sachlich.

„Aber schau dir die Couch bitte mit uns an, und wenn du auch findest, dass sie super für unsere Hütte wäre, könntest du Mama das doch sagen. Kannst du das bitte, bitte für uns tun, liebe, schöne Oma?", flehe ich mit meiner lieblichsten Stimme und klimpere dabei herzzerreißend mit meinen Augenlidern. Jetzt muss Oma schmunzeln.

„Oh, Sina, du bist vielleicht eine verrückte Nudel. Allerdings scheint dir die Sache ja sehr wichtig zu sein."

„Ja, und mir auch", bekräftigt Nele schnell. „Bitte gehe nur einmal mit uns zu Antons Haus, das dauert doch nur 5 Minuten", bettelt nun auch Nele.

„Na gut“, gibt sich Oma endlich geschlagen. „Aber wir tun so, als würden wir spazieren gehen, und schlendern ganz unauffällig vorbei“, schlägt Oma vor. „Ich möchte nicht, dass die Leute im Dorf sehen, wie deine alte Oma im Sperrmüll wühlt.“ Bei dem Gedanken daran muss sie grinsen.

„Oh, cool, du bist die Allerbeste.“ Begeistert falle ich ihr um den Hals.

Anschließend gehen wir los, um einen „Spaziergang“ zu machen. Wir schlendern langsam und unauffällig an Antons Haus vorbei. Wenige Meter weiter frage ich sofort: „Und, was denkst du?“

„Nun, ich finde die Couch gar nicht so schlecht. Ich kenne Anton und seine Familie gut und weiß, dass es anständige und saubere Leute sind. Zu Hause habe ich einen ganz tollen Quillt, den würde ich euch schenken, als Überwurf“, sagt Oma.

„Oh, das wäre so klasse. Kannst du bitte mit Mama reden, bitte?", bettele ich.

„Ja, wir gehen kurz mal zu euch herüber. Ist sie denn zu Hause?"

„Ja, sie war eben im Garten. Bei der Gartenarbeit ist sie immer gut gelaunt. Vielleicht kannst du sie ja überzeugen", hoffe ich. Bis zu unserem Haus ist es nicht mehr weit und wir sehen Mama bereits von Weitem. Ich halte Nele an der einen Hand und drücke mit der anderen fest meinen Daumen. Es muss einfach klappen.

„Hallo, Dana, mein Schatz", begrüßt Oma ihre Tochter.

„Hallo, das ist aber schön, dass du vorbeikommst!", entgegnet Mama entspannt.

„Na ja, ich wurde eher genötigt", gibt Oma lachend zu und schaut zu Nele und mir.

„So, das ist ja interessant, warum denn das?", fragt Mama neugierig.

„Nun, die Mädchen haben mir diese tolle, fast neue Couch vor Anton Webers Haus gezeigt. Die ist ja wirklich viel zu schade für den Sperrmüll, findest du nicht?“, meint Oma und zwinkert mir zu.

„Oh nein, fang du bitte nicht auch noch damit an! Haben dich die Mädchen wieder einmal um den Finger gewickelt?“, fragt Mama.

„Nein, überhaupt nicht“, entgegnet Oma grinsend und zwinkert mir und Nele zu.

„Wir können doch nicht einfach mit dem Autoanhänger zu Webers fahren und ihre alte Couch aufladen, was sollen die denn von uns denken?“, fragt Mama mit gerunzelter Stirn.

„Ich finde, die Mädchen könnten bei Webers klingeln und erklären, dass sie die Couch für ihre Hütte haben möchten und dann könnte Till sie auf den Anhänger laden und zur Hütte bringen. Die Couch ist wirklich in einem guten Zustand. Einmal ordentlich sauber gemacht ist sie wie neu“, verdeutlicht Oma.

„Und das hast du dir alles auf dem kurzen Weg hierher überlegt oder wie?“, fragt Mama skeptisch.

„Ja klar, da gibt es doch nicht viel zu überlegen“, entgegnet Oma ruhig. „Was sagst du nun, dürfen sich Sina und Nele ihren größten Wunsch erfüllen?“

„Na, meinetwegen, aber ihr müsst Papa selber um den Anhänger bitten und ihr müsst Anton sagen, was ihr mit der Couch vorhabt, sonst schämt sich Papa noch“, willigt meine Mutter jetzt ein.

„Jaaa!“, brüllen Nele und ich und hüpfen wie wild gewordene Hühner herum. Anschließend umarme ich Oma und drücke ihr lauter Küsse auf die Wange.

„Du bist die Beste, Oma.“

„Und ich?“, fragt Mama gespielt entrüstet.

„Du natürlich auch“, beeile ich mich zu sagen und drücke Mama ganz fest.

Und so machen wir es dann auch. Am frühen Abend laden Papa und Anton Webers Sohn die Couch auf und fahren sie mit dem Anhänger bis vor unsere Hütte, während Oma sich noch lange mit Anton Weber unterhält. Der findet es toll, dass seine alte Couch noch einen guten Zweck erfüllen wird. Mama bringt uns zwei Eimer mit warmem Wasser und Reiniger und Oma geht nach Hause, um ihren Quillt zu holen. Nele und ich sind einfach nur glücklich. Morgen ist Samstag und Papa hat versprochen, mit uns in den Baumarkt zu fahren, um Farbe zu kaufen. Wir wollen die Hütte neu anstreichen. Die vorherige Farbe ist bereits sehr verwittert und sieht nicht mehr besonders schön aus. Bis dahin haben wir einiges zu tun. Wir räumen „unsere neue Hütte" so richtig auf. Sammeln den alten Müll meiner Brüder ein, kehren den Holzboden, wischen den kleinen Tisch und die beiden Stühle ab. Im Anschluss hängen wir ein paar Poster auf und stellen eine Vase mit bunten Blumen auf den Tisch, die wir hier auf der Wiese schnell gepflückt haben. Anschließend machen wir einen Plan, wie die Hütte gestrichen werden soll.

„Du, Nele, wenn wir morgen mit meinem Papa die Farbe gekauft haben, können wir ja meine Brüder fragen, ob sie uns beim Streichen helfen“, schlage ich vor.

„Nein, Sina, wir machen das anders!“, überlegt Nele und zieht grinsend eine Augenbraue hoch. „Wir können doch Lennard und Sam fragen!“, schlägt sie nun vor und lächelt mich verschwörerisch an.

„Äh, ja, ich weiß nicht“, überlege ich unsicher. „Meinst du wirklich?“

„Na klar!“, sagt Nele fest entschlossen und kichert. Sie findet Sam ganz süß und wie ich Lennard finde, das wisst ihr ja genau. Ich brauche einen Moment, um über Neles Vorschlag nachzudenken.

„Na komm schon, das wird total cool!“, versichert sie mir und stupst mich mit dem Ellenbogen auffordernd in die Seite.

„Wir sagen einfach, dass wir jemanden mit langen Armen brauchen, der mit dem Pinsel bis ans Dach kommt!“, plant sie weiter und grinst.

„Na gut“, gebe ich mich geschlagen und muss selbst grinsen. „Dieser Sommer wird echt immer besser“, stelle ich begeistert fest und freue mich auf morgen.

Fleißige Maler und ein Lagerfeuer

„Hallo, Oma“, rufe ich zur Terrassentür hinein. Keine Antwort. Deshalb schaue ich in der Küche nach, doch sie ist nirgendwo zu sehen. Da höre ich Schritte auf der Kellertreppe und schon steht Oma vor mir. Etwas außer Atem fragt sie: „Hallo, Sina, wo kommst du denn her?“

„Ich will dir nur ganz schnell Bescheid geben, dass wir heute Abend eine Einweihungsparty für unsere neue Hütte feiern möchten. Papa hat sogar versprochen, mit uns Würstchen zu grillen und Stockbrot zu machen. Hier, deine Einladung.“ Stolz überreiche ich die Einladungskarte, die ich heute Morgen für sie gebastelt habe. Als Dankeschön, denn ohne Oma Nita würde jetzt keine so tolle Couch in unserer Hütte stehen. Oma freut sich riesig darüber.

„Oh, vielen Dank, mein Schatz. Ich finde es toll, dass du extra rübergekommen bist, um mich einzuladen. Und dann noch so eine schöne Einladung", strahlt Oma mich an.

„Gern geschehen. Opa ist natürlich auch eingeladen, sagst du ihm bitte Bescheid?"

„Aber sicher, der wird sich auch freuen", versichert mir Oma. Ich erkläre ihr, dass ich jetzt sofort wieder losmuss, weil gleich Nele, Lennard und Sam zum Streichen kommen.

„Das ist ja klasse! Dann werden wir heute Abend pünktlich um 18 Uhr da sein", verspricht Oma mir. Und schon bin ich weg. Im Laufschritt renne ich die Straße hinunter, denn ich freue mich so sehr auf heute Mittag. Ich habe Lennard schon seit drei Tagen nicht mehr gesehen und kann es kaum erwarten.

Gerade als ich an Neles Haustür klingeln will, öffnet sich diese schon und Nele springt heraus.

„Hi, ich wollte eben zu dir kommen“, sagt sie fröhlich.

„Ich freue mich so, dass Lennard und Sam uns helfen wollen. Die beiden zu fragen hätte ich mich nie getraut“, gebe ich zu.

„Gut, dass ich so mutig bin“, sagt Nele stolz und begleitet mich zur Garage, um die Farbeimer und Pinsel zu holen. Das stimmt, Nele ist immer so mutig. Sie sagt immer, was sie denkt und hat auch keine Angst davor, Jungen anzusprechen. Seit ich ein kleines bisschen in Lennard verknallt bin, weiß ich manchmal gar nicht, was ich sagen soll, wenn er in meiner Nähe ist.

„Ah, da kommen sie ja“, ruft Nele.

„Hi Mädels, hier kommen die Malermeister“, begrüßt uns Sam.

„Na, dann lass mal sehen, was du drauf hast“, antwortet Nele ihm frech.

„Hi Sina, habt ihr auch Möbel in eurer Hütte?“, fragt Lennard interessiert. Er sieht total süß aus mit seinen strubbeligen blonden Locken und dieser abgetragenen Jeans, auf der schon ein paar ältere Farbflecken zu sehen sind.

„Klar“, antworte ich ihm. „Du kannst gerne mal hineingehen und dir alles anschauen.“ Nachdem die Jungs unsere Hütte begutachtet haben, legen wir los. Nele und ich kleben das Fenster und den Türrahmen mit Folie und Klebeband ab und die Jungs beginnen zu streichen. Wir haben richtig Spaß dabei. Zwischendurch schaut Mama bei uns vorbei, bringt kalte Getränke und belegte Brötchen und versichert uns, dass es schon sehr gut aussieht.

Nach fast zwei Stunden ist das Werk vollbracht. Die Vorder- und die Rückseite der Hütte sind in einem satten Gelb und die restlichen beiden Seiten in einem hellen Blau gestrichen. Die Eingangstür wurde grün gestrichen, doch irgendetwas fehlt noch.

„Hört mal, die beiden alten Stühle hier sind nicht mehr schön und wir haben doch Farbe übrig. Sollen wir die nicht auch bunt anstreichen?“, schlägt Nele vor.

„Ja, gute Idee“, meint Sam und bietet ihr seine Hilfe an.

„Und was machen wir beiden Hübschen jetzt?“, überlegt Lennard und schaut mich fragend an.

„Ich würde es schön finden, wenn wir an den unteren Rand der Hütte vereinzelte Blumen malen würden, so als würden sie dort wachsen!“, schlage ich Lennard vor.

„Ja, das ist eine gute Idee. Auch Grashalme, als würde es noch zur Wiese gehören!“, bringt Lennard ein. Oh Gott, ihm gefällt meine Idee. Wie cool ist das denn? Und so knien Lennard und ich mit Pinseln bewaffnet im Gras vor der Hütte und verschönern die hellblauen Wände mit grünen Grashalmen und bunten Blumen.

Lennard hat sogar noch die Idee, auch einen Baum dazu zu malen.

„Ja, das ist super!“, sage ich begeistert. „In meinem Zimmer habe ich ein schönes Vogelhäuschen. Das hat Opa für mich gebaut und ich habe es selbst angemalt. Das könnten wir doch an die Wand schrauben, so, als würde es am Baum hängen?“ Ich sehe Lennard fragend an.

„Ja, coole Idee“, findet Lennard. „Die Hütte wird immer besser!“

„Und außerdem immer bunter“, stelle ich fest. „Hast du eigentlich schon öfter gestrichen, Lennard?“

„Ja, ich habe bereits ein paarmal gestrichen, letztens noch zusammen mit meinem Papa unseren Zaun“, erzählt er.

„Das habe ich auch letzte Woche mit meinem Opa gemacht“, erzähle ich stolz. „Das hat mir richtig Spaß gemacht.“

„Das hier macht mir auch richtig Spaß“, sagt Lennard und lächelt mich an. Vor Schreck fällt mir doch glatt der Pinsel aus der Hand und streift dabei meine Jeans.

„Oh, Mist“, schimpfe ich, „meine gute Hose!“

„Du solltest ja auch zum Streichen nicht deine beste Jeans anziehen. Schau mal, was ich für eine alte Hose anhabe“, sagt Lennard und deutet auf seine verwaschene Jeans mit den bunten Farbflecken.

„Na super, dann habe ich jetzt wohl auch ‚eine alte Hose‘ an!“, stelle ich fest.

„Ich nehme mir etwas zu trinken, soll ich dir etwas mitbringen?“, versucht Lennard mich abzulenken.

„Ja, danke, ich brauche jetzt erst einmal eine kleine Pause“, sage ich und setze mich ins Gras. Als Nele sieht, dass Lennard weggeht, kommt sie gleich zu mir herübergelaufen.

„Na, ihr Turteltauben“, meint sie grinsend.

„Hey, lass das", zische ich sie an, muss allerdings selbst grinsen wie ein Honigkuchenpferd.

„Oh Gott, Sam ist so süß", schwärmt Nele flüsternd.

„Kann schon sein, aber Lennard ist süßer", stelle ich mit einem Augenzwinkern fest.

„Na, das passt doch gut, oder?", meint Nele. „Wäre das nicht total cool, wenn du und Lennard ein Paar wärt und Sam und ich auch?", flüstert sie strahlend.

„Ich weiß nicht so richtig. Ich finde Lennard ja ganz süß, trotzdem, als richtigen Freund? Ich kann mir gar nicht vorstellen, wie das wäre. Ich glaube, ich habe zu viel Schiss davor!", gebe ich ehrlich zu.

„Na, warte mal ab", beruhigt mich Nele. „Ich gehe jetzt wieder zu Sam, damit wir die Stühle endlich fertigbekommen."

Nele ist eine tolle beste Freundin. Sie kennt mich wirklich gut und lässt mich jetzt einfach in Ruhe, statt weiter zu bohren. Da kommt Lennard auch schon mit vier Flaschen Cola zurück. Er drückt Sam und Nele jeweils eine in die Hand und kommt dann zu mir herüber. Ich habe mich wieder zum Häuschen gedreht und male gerade kleine grüne Blätter an die Zweige des Baumes. Plötzlich hält mir Lennard die eiskalte Colaflasche an den Nacken. Mit einem lauten Schrei wirbele ich herum und schubse seinen Arm von mir weg. Oh Mann, hat der mich jetzt erschreckt.

Lennard lacht mich frech an und drückt mir die Cola in die Hand: „Ich wollte dir nur eine kleine Abkühlung verpassen." Wir prosten uns zu und lassen dabei die Flaschen leicht aneinander klirren. Dabei schaut mir Lennard genau in die Augen. Ich bemerke, wie ich ganz rot werde und schaue schnell weg. Erst trinke ich noch einen großen Schluck Cola, um meine Fassung wieder zu erlangen, dann mache ich mich erneut an die Arbeit.

„Na, wer hat denn schon Hunger?“, ruft Papa irgendwann, während er mit einem Holzstapel beladen unseren Grillplatz gleich neben der Hütte ansteuert.

„Ich!“, rufen wir alle gleichzeitig.

„Das trifft sich gut, ich nämlich auch“, informiert uns mein Vater, bevor er sich am Schwenker zu schaffen macht. Dabei muss man ihn ganz in Ruhe lassen, sagt Mama immer. Er muss sich da richtig konzentrieren. Papa ist sich sogar sicher: „Schwenken ist eine Philosophie für sich.“

Schwenker, so heißt bei uns im Saarland der Grill. Aber das ist kein feststehender Grill, sondern ein hängendes Rost, das an einem Ständer mit drei Beinen befestigt ist und andauernd über die Glut geschwenkt wird, um das beste Grillfleisch überhaupt zu bekommen. Meine Mutter bringt ihm seine Grillschürze und seine alten Arbeitshandschuhe.

„Hier, Till, die vergisst du jedes Mal“, schimpft sie mit Papa. „Sam und Lennard, wollt ihr eure Eltern nicht auch zum Grillen einladen? Sie müssten nur ein bisschen Fleisch mitbringen, Salat und Baguette habe ich genug!“, schlägt Mama vor. „Nele, deine Eltern kommen gleich herüber, ich habe gerade mit deiner Mutter telefoniert.“

Lennard und Sam wischen sich die Hände an einem alten Handtuch ab und laufen kurz nach Hause, um ihre Eltern zu fragen. Sie versprechen, auf jeden Fall gleich wiederzukommen, mit oder ohne Eltern.

Eine Stunde später sitzen wir alle auf Bänken um die Feuerstelle herum, jeder mit einem Teller auf dem Schoß. Sams Eltern sind mit seinen beiden Schwestern gekommen. Auch Lennards Mutter ist da, und Oma Nita und Opa Jo sind ebenfalls gekommen. Mama hat eine riesige Schüssel mit leckerem Nudelsalat zubereitet. „Man weiß ja nie, wer noch alles kommt“, meint sie immer. Auch David und Jakob sitzen dabei und schaufeln Würstchen und Salat in sich hinein. Typisch meine beiden Brüder, während der Arbeiten hat man sie den ganzen Tag nicht gesehen, aber kaum gibt es etwas zu Essen, sind sie da.

Und so sitzen wir noch lange ums Feuer herum, es ist mittlerweile schon dunkel geworden. Oma hat zwei Tüten Chips mitgebracht, als Einweihungsgeschenk für unsere schöne Hütte, wie sie betont. Ich bin total müde von diesem schönen, aber langen Tag. Durch die wohlige Wärme des Feuers fallen mir fast die Augen zu. Doch ich will noch nicht ins Bett. Ich sitze zwischen Oma und Nele und mir gegenüber auf der anderen Seite des Feuers sitzt Lennard. Er stochert mit einem langen Stock im Feuer herum und schaut dabei verträumt in die Flammen. Sein Gesicht ist ganz gerötet von der Hitze. Ich könnte noch Stunden so dasitzen und ihn einfach nur anschauen. Ich glaube, Nele hat Recht, ich bin verliebt.

Schüler-Sommer-Ferienfest

„Oh, Nele, ich kann es kaum erwarten. Ich freue mich wie verrückt!“, verkünde ich strahlend. Nele, ihre Schwester Katrin und ich sitzen in Papas Auto und werden von ihm zum Bahnhof nach Merzig gefahren. Wir wollen mit der Bahn nach Saarbrücken fahren und von dort mit dem Bus auf den Halberg, wo das große Schüler-Sommer-Ferienfest stattfindet. Auf diesen Tag habe ich mich so lange freut. Dort treten viele, tolle Bands und Stars auf, am meisten freue ich mich auf Mark Forster. Den finde ich total süß. Und das Tollste ist, dass Lennard und Sam auch dort sein werden. Wir wollen uns später auf dem Festgelände mit ihnen treffen.

Heute ist es superheiß und wir schwitzen wie verrückt. Zum Glück bekommen wir einen guten Platz in der Bahn. Am Hauptbahnhof stehen bereits so viele Schüler für die Busse an, dass wir zwei überfüllte Busse abwarten müssen, bevor wir im dritten endlich einen Stehplatz bekommen. Im Bus ist es noch heißer und zudem eng und stickig. Wir stehen alle dicht aneinandergepresst und mir wird langsam ein bisschen übel. Hoffentlich sind wir gleich da. Oben auf dem Halberg angekommen, stürmen alle aus dem Bus heraus. Ich halte Nele ganz fest an der Hand, ich will sie und Katrin in dem Gedränge auf keinen Fall verlieren. Sobald wir uns aus dem Bus gedrängt haben, setzen wir uns unter einen Baum in den Schatten und trinken als Erstes etwas Wasser.

„Oh Mist", meint Nele plötzlich. „Wir sollten uns doch um 15 Uhr mit Sam und Lennard vor dem Tor treffen und es ist schon zwanzig Minuten nach."

Eilig springen wir auf, schnappen unsere Rucksäcke und laufen gemeinsam Richtung Tor. „Ich sehe sie nicht, oh nein, was ist, wenn sie nicht gewartet haben!“, jammere ich, während ich im Laufschritt hinter Katrin und Nele herlaufe.

Am Tor angekommen, schauen wir drei uns nach allen Seiten um, hier sind so viele Leute, ich kann die Jungs nirgendwo entdecken.

„Hallo, ihr Trödelnasen!“, höre ich plötzlich eine vertraute Stimme hinter mir. Als ich mich abrupt umdrehe, steht Lennard direkt vor mir. Er trägt eine Baseball-Kappe, unter der seine blonden Locken etwas verschwitzt herausschauen. An seinem schwarzen T-Shirt hat er die kurzen Ärmel bis zur Schulter hochgerollt. Zum ersten Mal bemerke ich seine ausgeprägten Muskeln an den Oberarmen und starre sie, ohne es zu bemerken, bewundernd an. Oh Gott, schnell wegschauen.

„Hi Leute!", begrüßt Nele die Jungs ganz außer Atem. „Tut uns leid, dass wir zu spät sind. Wir mussten am Busbahnhof zwei überfüllte Busse abwarten, bis wir endlich einen Platz bekommen haben."

„Ja, das ging uns heute Mittag genauso", erzählt uns Sam.

„Egal, Hauptsache, wir sind jetzt alle hier!", meint Lennard und lächelt mich an.

„Kommt, lasst uns losgehen, sonst verpassen wir noch mehr", schlägt Nele vor. Wir machen uns zu fünft auf den Weg Richtung Musikbühne und sehen bereits von Weitem, wie voll der Platz davor ist. Hier stehen schon hunderte Menschen dicht an dicht und tanzen und klatschen zur Musik einer Band, die ich nicht kenne.

„Oh Mann, wie sollen wir denn in diesem Gedränge bis vorne an die Bühne kommen?", stöhnt Nele.

„Das kannst du vergessen, Nele, oder meinst du, die machen jetzt alle Platz für dich?“, fragt Sam belustigt.

„Und was machen wir jetzt?“, fragt Nele verzweifelt. Wir schauen uns ratlos an.

Da meldet sich Neles große Schwester Katrin zu Wort. „Hier ist es jedes Jahr so voll. Man kommt nie bis ganz vorne an die Bühne, das hätte ich euch sagen können“, erklärt sie uns.

„Wie blöd ist das denn?“, schimpft Nele aufgebracht.

„Mir ist es jetzt sowieso viel zu heiß, um mich in dieser Menschenmenge dort zu baden!“, meint Sam. „Wir könnten uns doch dort drüben auf der Wiese einen Platz suchen. Von da aus kann man immer noch auf die Bühne sehen und die Musik hört man auch ganz gut“, schlägt er vor.

„Ja, das finde ich gut!“, stimmt Lennard ihm zu.

„Aber bitte im Schatten!“, bettele ich und wische mir den Schweiß von der Stirn.

„Für einen Schattenplatz müssen wir ja noch weiter weg von der Bühne!“, jammert Nele.

„In der Sonne können wir jedenfalls auch nicht bleiben“, stellt Lennard fest.

„Und wie sollen wir so Mark Forster sehen, aus zehn Kilometern Entfernung?“, fragt Nele enttäuscht.

„Der kommt doch erst um 19 Uhr, bis dahin ist noch viel Zeit“, beruhigt Katrin ihre Schwester. „Wir bleiben heute Nachmittag dort drüben auf der Wiese und eine Stunde, bevor Mark Forster kommt, versuchen wir einen guten Platz vor der Bühne zu ergattern!“, schlägt Katrin vor.

„Ja genau, bis dahin sind sowieso schon jede Menge Leute im Publikum mit Kreislaufkollaps umgefallen, dann sind wieder Plätze frei!“, lacht Lennard.

So machen wir es anschließend auch. Mit einer motzig vor sich hin grummelnden Nele gehen wir ein Stück weiter über die Wiese und schlagen unter einer riesigen Weide unser Lager auf. Katrin holt eine Decke aus ihrem Rucksack und breitet diese auf der Wiese aus. Wir Mädels strecken uns darauf aus, Lennard und Sam setzen sich daneben ins Gras. Nun trinken wir Cola, leider warme, und essen unsere mitgebrachten Brötchen. Sam hat Spielkarten dabei, doch ich bin viel zu faul, um irgendetwas zu tun. Mit geschlossenen Augen liege ich auf der Decke, die Arme hinter meinem Kopf verschränkt, und genieße die Atmosphäre. Im Hintergrund die Musik, die vielen verschiedenen Stimmen um mich herum. Das Geräusch von Spielkarten, die gemischt werden, Neles Lachen, der Geruch von Sonnenmilch und warmem Gras. Lennard sitzt im Schneidersitz neben mir und ich spüre sein

Knie ganz zart an meinem Bein. Wie schön sich das anfühlt. Ganz warm und haarig. Und gut.

Plötzlich werde ich aus meinen Gedanken gerissen. Nele ist aufgesprungen.

„Die haben da gerade etwas über Mark Forster gesagt!“, schreit sie aufgeregt und versucht die Stimme im Lautsprecher zu verstehen.

„Bleib ruhig, die haben ihn nur für später angekündigt!“, meint Sam.

„Kommt, lasst uns jetzt rüber zur Bühne gehen, bis zu seinem Auftritt sind es nur noch knapp zwei Stunden!“, bettelt Nele. „Ich glaube, es sind schon ein paar Leute weniger.“

„Klar, Nele, jetzt sind es nur noch 9.997 verrückte Fans vor der Bühne, drei sind schon heimgegangen!“, lacht Sam.

„Du bist ja blöd!“, beschimpft Nele Sam und droht ihm spielerisch mit ihrer Faust.

„Wir können ja mal Richtung Bühne gehen und schauen, wie weit wir kommen", schlägt Katrin vor. Alle packen ihre Sachen zusammen. Ich setze mich schnell auf und will gerade aufstehen, als mir total schwindelig wird. Plötzlich sehe ich nur noch Schwarz vor den Augen und merke, wie meine Beine unter mir nachgeben. Im nächsten Moment kippe ich nach hinten. Ich spüre eine warme Hand an meinem Arm, die mich festhalten will. Doch die Hand rutscht auf meinem eingecremten Arm ab und ich falle zurück auf die Decke. Um mich herum höre ich nur: „Oh nein", „Oh Gott" und „Was ist mit Sina?". Dann spüre ich die warmen Hände nochmal, die mich richtig hinlegen und mir zart auf die Wange klopfen. Im nächsten Augenblick hebt mir jemand die Beine hoch und jemand anderes streicht mir über die Stirn. Das Drehen in meinem Kopf hört langsam auf und das Rauschen in meinen Ohren wird etwas ruhiger. Ich versuche meine Augen zu öffnen.

Vor mir steht Nele mit bleichem Gesicht und hält zusammen mit Sam meine Beine hoch.

Lennard kniet neben mir und redet behutsam auf mich ein: „Sina, alles okay? Kannst du mich hören?“, fragt er besorgt. Ich schlucke schwer und antworte leise: „Ja, es geht schon.“

„Was ist passiert?“, fragt Nele, sie ist den Tränen nahe.

„Ich glaube, Sina ist zu schnell aufgestanden, da ist ihr Kreislauf durcheinander gekommen“, erklärt Katrin uns. „Ich kenne das, Mama hat das auch manchmal, wenn es so heiß ist.“ „Sollen wir einen Sanitäter rufen?“, fragt Nele völlig überfordert.

„Nein, es geht wieder“, antworte ich schwach und will versuchen mich aufzusetzen.

„Bleib lieber noch ein bisschen liegen“, meint Lennard und drückt sanft meine Schulter, damit ich nicht aufstehen soll. Alle setzen sich zu mir auf die Decke, Nele hält jetzt meine Hand und

Sam und Katrin meine Beine hoch. Ich spüre, dass die Leute auf der Wiese zu uns herüberstarren.

„Hört mal, ich will mich jetzt hinsetzen, alle starren mich an", flüstere ich und lege meine Hand beschämt über die Augen. Oh Gott, ist das peinlich. Lennard kniet sich neben mich und hilft mir, mich langsam aufzusetzen. Er stützt mich ein bisschen und Nele hält mir eine Flasche mit Wasser hin. Einen kurzen Moment dreht sich wieder alles vor meinen Augen, aber dann hört es langsam auf. Es rauscht noch etwas in meinen Ohren und ich fühle mich ganz schlapp.

Lennard setzt sich hinter mich und sagt: „Lehne dich einfach gegen mich, Sina, und nimm mal einen großen Schluck Wasser." Das mache ich auch und spüre, wie das Rauschen in den Ohren weiter nachlässt. Ich schließe vor Erschöpfung kurz die Augen.

„Oh nein", schreit Nele sofort panisch los.

„Es ist alles okay, ich bin nur ein bisschen schlapp“, beruhige ich sie schnell. Deshalb bleiben wir eine Zeitlang so sitzen. Niemand sagt etwas, mein kleiner Kreislaufzusammenbruch hat alle ganz schön erschreckt.

Nach einer Weile meint Lennard: „Nele, Katrin und Sam, geht doch rüber zur Bühne. Sina passiert jetzt nichts mehr, ich bleibe mit ihr hier im Schatten. Oder?“ Lennard wendet sein Gesicht fragend zu mir.

„Ja, in das Gedrängel will ich wirklich nicht“, muss ich leider zugeben. „Lennard, du kannst ruhig mitgehen!“, schlage ich halbherzig vor.

„Nein, ich bleibe bei dir“, sagt Lennard bestimmt. „Da muss Mark Forster heute leider mal ohne mich auskommen!“, fügt er lachend hinzu, doch sein Blick ist immer noch besorgt.

„Ja, und ohne mich!“, sage ich leise. Aber so schrecklich traurig bin ich eigentlich gar nicht. Ich sitze immer noch vor Lennard, mein Rücken lehnt an seiner Brust. Ich finde es einfach nur lieb, wie sehr er sich um mich kümmert und wie besorgt er ist. Eigentlich will ich gerade nirgendwo anders sein als hier bei ihm.

Lennard und ich sitzen eine ganze Weile so da. Wir hören die Musik und beobachten die anderen Leute, und zwischendurch fragt Lennard mich immer wieder, wie es mir geht. Es beginnt bereits zu dämmern und endlich lässt auch die schreckliche Hitze ein wenig nach. Mittlerweile haben wir beide unseren ganzen Proviant aufgegessen, mindestens zehn Runden Karten gespielt und aus der Ferne auch Mark Forsters Auftritt gesehen und gehört. Ich bin jetzt total müde und habe mich ein bisschen auf die Decke gelegt. Lennard hat das Ende der Decke über meine Beine geschlagen und sich neben mich gesetzt. Wir haben uns in den letzten Stunden zu zweit toll unterhalten und so eine schöne Zeit miteinander verbracht.

Da kommen Nele, Katrin und Sam zurück.

„Hallo, ihr Turteltauben“, ruft Sam schon von Weitem. Die drei sind total aufgedreht und erzählen aufgeregt von Mark Forsters Auftritt und der tollen Stimmung.

„Wie schade, dass ihr alles verpasst habt!“, meint Nele.

„Ach, hier war es auch ganz angenehm!“, sagt Lennard und lächelt mich an. Mir bleibt für einen Moment das Herz stehen, so überrascht bin ich über seine Äußerung. Hat er das gerade wirklich vor allen gesagt?

„Wir standen in der fünften oder sechsten Reihe vor der Bühne“, erzählt Sam stolz. „Wir konnten fast Mark Forsters Schweiß riechen!“

„Igitt, du bist eklig!“, lacht Nele und knufft Sam in die Seite. Die beiden scheinen sich auch sehr gut amüsiert zu haben.

„Können wir bitte bald nach Hause fahren?“, frage ich vorsichtig in die Runde. Alle sind einverstanden. Das war echt ein schöner, aber langer Tag. Zum Glück bekommen wir gleich im ersten Bus noch Sitzplätze. In der Bahn kann ich vor Müdigkeit kaum die Augen aufhalten. Ich sitze neben Lennard und lehne meinen Kopf an seine Schulter. Er schaut mich von der Seite an und lächelt. Dann meint er: „Hey Sina, aber bitte keinen Kreislaufkollaps mehr bekommen, ja!“ Und alle lachen. Ich würde ja gerne mitlachen, doch ich bin einfach viel zu müde. Was für ein Tag!

Milly ist weg

Was ist denn das nur für ein Lärm? Ich bin noch so müde. Vorsichtig öffne ich meine Augen und schließe sie sofort wieder. Draußen ist es bereits hell, die Sonne scheint durch die kleinen Schlitze in den Jalousien direkt auf mein Bett und genau auf mein Gesicht. Der Lärm kommt aus Jakobs Zimmer, er hat seine Stereoanlage wohl auf volle Lautstärke aufgedreht. Genervt drehe ich mich um und ziehe mir mein Kopfkissen über den Kopf, doch das hilft leider nichts.

„Jakob, mach sofort die Musik leiser, Sina und David schlafen noch!", brüllt Mama von unten hoch. Irrtum, Sina schläft jetzt nicht mehr, sage ich zu mir selbst und reibe mir verschlafen die Augen. An weiterschlafen ist nicht mehr zu denken, also stehe ich mit einem lauten Seufzer auf. Toller zweiter Ferientag.

Als ich im Schlafanzug gähnend die Küche betrete, sitzt Mama mit ihren Freundinnen Anja, Melanie und Claudia am Frühstückstisch.

„Guten Morgen, mein Schatz“, seufzt meine Mutter. „Tut mir leid, dass Jakob dich aufgeweckt hat. Wir wohnen hier in einem Irrenhaus. Dein Bruder kann gleich zur Strafe den Rasen mähen, das dröhnt auch schön laut, genau wie seine Musik“, versucht sie mich zu trösten.

„Ich bin noch voll müde!“, jammere ich und mache mir einen Kakao. Mama hat den Tisch hübsch gedeckt. Ihre Freundinnen lächeln mich mitfühlend an. Sie sind alle schon ganz lange miteinander befreundet. Anja und Mama kennen sich schon seit dem Kindergarten. Melanie ist Neles Mutter und Claudia ist die Mutter von Lennard. Als wir klein waren, trafen sie sich regelmäßig zusammen mit uns zu einer Krabbelgruppe. Nele, Lennard und ich haben dort schon als Babys miteinander gespielt.

Leider kann ich mich nicht mehr daran erinnern, hoffentlich habe ich Lennard damals nicht gebissen oder an den Haaren gezogen.

„Na, Sina, hattet ihr gestern viel Spaß auf dem Schüler-Ferienfest?“, fragt Melanie. „Nele hat tief und fest geschlafen, als ich heute Morgen hier rüberkam.“

„Lennard liegt auch noch in der Kiste“, erzählt Claudia und lächelt mich an.

„Ja, es war richtig toll gestern, aber furchtbar heiß“, erzähle ich und bestreiche mir währenddessen ein Brötchen mit Erdbeer-marmelade. Egal wie müde ich bin, essen kann ich immer.

Nach dem Frühstück lasse ich die Mütter alleine, damit sie in Ruhe quatschen und Kaffee trinken können. Ich springe schnell unter die Dusche, putze mir die Zähne und ziehe mich an. Im Anschluss mache ich mich auf die Suche nach einem ruhigen Plätzchen. Der Fernseher ist blockiert, denn David sitzt davor und schaut sich irgendeinen Jungenkram auf DMAX an. Der konnte wohl auch bei dem Lärm nicht mehr schlafen. Papa entdecke ich vor dem Computer, er ist sicher vor den Frauen geflüchtet. Draußen höre ich Jakob, der gerade den Rasenmäher startet. Das ist die gerechte Strafe, denke ich mir schadenfroh. Nele schläft bestimmt noch, da kann ich jetzt auch nicht hin.

Ich öffne die Küchentür einen Spalt und rufe meiner Mutter zu, dass ich kurz zu Oma Nita hinüberlaufe und Milly mitnehme.

„Alles klar, mein Schatz", antwortet mir Mama und ist schon wieder in ihr Gespräch vertieft.

Milly und ich schlendern die Straße entlang zu Omas Haus. Dort entdecke ich sie in ihrem Garten und begrüße sie fröhlich.

„Ach, guten Morgen, Sina“, entgegnet mir Oma und fragt überrascht, warum ich denn heute bereits so früh auf bin.

„In unserem Irrenhaus kann man nie ordentlich ausschlafen!“, beschwere ich mich. „Was machst du so früh im Garten?“

„Heute wird es wieder ein heißer Tag werden, da pflücke ich die Erdbeeren lieber jetzt, heute Mittag ist es mir in der Sonne viel zu warm“, erklärt sie mir.

„Kann ich dir helfen?“, biete ich meine Hilfe an.

„Ja, sehr gerne, nimm dir in der Küche bitte eine Schüssel aus dem Schrank.“ Auf dem Weg zur Küche entdecke ich Opa im Schuppen.

„Guten Morgen, bist du auch schon fleißig?“, rufe ich ihm zu.

„Der frühe Vogel fängt den Wurm! Kennst du den Spruch, Sina?“, fragt Opa lächelnd.

„Ich kenne nur den Spruch: ‚Der frühe Vogel kann mich mal!' Das steht auf Papas Kaffeetasse!", erkläre ich ihm.

Opa Jo lacht lauthals los: „Dieser Spruch ist ja noch viel besser, den muss ich mir unbedingt merken!"

Ich pflücke mit Oma drei volle Schüsseln frische Erdbeeren. Mit denen, die ich schon während des Pflückens verspeist habe, wäre es sicher eine ganze Schüssel mehr geworden. Als Nächstes waschen wir die Erdbeeren und setzen uns auf die Terrasse, um sie zu putzen und klein zu schneiden, denn Oma möchte davon Marmelade kochen.

„Jetzt erzähl bitte, Sina, wie war es denn gestern auf diesem Ferienfest?", fragt Oma interessiert.

„Es war so schön", schwärme ich. „Da waren hunderte Schüler, es war total voll vor der Bühne. Die meiste Zeit haben wir etwas entfernt auf einer Decke im Schatten gelegen und die Musik gehört."

„Das hört sich ja super an. Und wie war dein Lieblingssänger, dieser Mark Forster? Hast du den ganz nahe gesehen?", fragt Oma neugierig.

„Nein, leider nicht. Mir war abends von der schrecklichen Hitze ein bisschen schlecht, deshalb bin ich lieber auf der Decke im Schatten geblieben", erkläre ich ihr, lasse das kleine Detail über meinen Kreislaufkollaps aber lieber unerwähnt.

„Oh, das ist ja schade", meint Oma sichtlich enttäuscht und will weiter wissen: „Darüber warst du aber sicher sehr traurig? Du hast dich doch so lange darauf gefreut!"

„Ach, das war nicht so schlimm", gebe ich zu und blicke angestrengt auf die Erdbeere in meiner Hand, an der ich gerade den grünen Stiel entferne. Hoffentlich sieht Oma jetzt nicht, wie ich rot werde.

„Na, dann konntest du ihn ja wenigstens hören!“, meint sie nun und schaut mich etwas verwundert an. Eine Weile arbeiten wir still weiter, doch dann halte ich es nicht mehr aus.

„Weißt du, warum ich gestern nicht so traurig war?“, frage ich und strahle sie dabei an.

„Und warum?“

„Als Mark Forster aufgetreten ist, sind Nele, Katrin und Sam zur Bühne gegangen und Lennard ist bei mir auf der Decke geblieben. Er wollte mich nicht alleine lassen und hat sich ganz lieb um mich gekümmert!“, erzähle ich freudestrahlend.

„Na, das nenne ich mal einen Gentleman!“, freut sich Oma ebenfalls und zwinkert mir zu.

Während wir weiter an den Erdbeeren arbeiten, fällt mir plötzlich auf, dass mein Hund Milly gar nicht mehr da ist. „Oma, weißt du, wo Milly ist? Sie lag doch eben noch unter dem Tisch!“

„Sie hat sich bestimmt ins Haus gelegt, vielleicht war es ihr hier draußen zu heiß“, vermutet Oma.

„Ich sehe mal nach“, sage ich und gehe ins Haus. Unten kann ich Milly nirgendwo finden. Ich rufe an der Treppe in die erste Etage hinauf, aber sie kommt nicht. Dann kann sie wohl nicht oben sein, denke ich mir und gehe zurück nach draußen.

„Oma, ich kann sie nicht finden. Im Haus ist sie nicht. Ich rufe Mama an und frage, ob Milly vielleicht nach Hause gelaufen ist!“

„Das kann ich mir gar nicht vorstellen. Ohne dich würde sie hier eigentlich nie weggehen. Ruf trotzdem mal deine Mutter an, man weiß ja nie“, meint Oma Nita.

Am Telefon erfahre ich, dass mein Hund auch nicht bei uns zu Hause ist. Jetzt mache ich mir langsam Sorgen.

„Ich werde die Straße entlang nach Hause gehen, vielleicht sehe ich sie ja irgendwo unterwegs. Oma, rufst du gleich an, falls Milly wieder hier auftaucht?“

„Ja natürlich, das mache ich“, verspricht sie mir.

Ich rufe vor Omas Haus und auch die ganze Straße entlang nach Milly, aber es ist weit und breit keine Spur von ihr zu sehen. Zu Hause schauen mich Mama und ihre Freundinnen ratlos an. Melanie meint: „Klingele doch bei Nele an der Haustür, die ist jetzt bestimmt wach und kann mit dir in der Nachbarschaft suchen.“

„Dann geht am besten gleich bei Lennard vorbei, der wird euch bestimmt auch bei der Suche helfen!“, schlägt Claudia vor.

Und genauso mache ich es. Als Erstes gehe ich zu Nele und zusammen machen wir uns auf den Weg zu Lennard. Dieser öffnet uns in Boxer-Shorts und T-Shirt die Haustür. Er sieht noch ein bisschen verschlafen aus und seine Locken stehen wild in alle Richtungen ab.

„Oh, guten Morgen, Mädels!“, sagt er etwas überrascht. Als wir Lennard die Situation erklären, möchte er uns sofort helfen. Er bittet uns zum Warten in die Küche und verschwindet schnell in seinem Zimmer, um sich umzuziehen. Nach zwei Minuten ist er wieder da und ruft Sam an. Der ist ebenfalls bereit herzukommen und steht nach kurzer Zeit vor Lennards Haustür.

„Hallöchen, habt ihr schon wieder Sehnsucht nach mir?“, fragt Sam lächelnd.

„Wir brauchen eher deine Hilfe!“, erkläre ich kurz. So langsam mache ich mir große Sorgen um Milly.

„Es wäre am besten, wenn wir uns aufteilen!“, schlägt Sam vor.

„Ja, das ist eine gute Idee!“, findet auch Lennard.

„Wie wäre es, wenn Sina und Lennard durchs untere Dorf gehen und dort alles absuchen, und Sam und ich, wir suchen die obere Hälfte ab?“, schlägt Nele vor.

„Ja, so machen wir es“, antwortet Lennard, bevor ich etwas sagen kann. Wir gehen sofort los und rufen lauthals nach Milly, fragen Nachbarn, die gerade in ihren Gärten sind, und halten auch vorbeifahrende Autos an. Niemand hat sie gesehen. Ich werde immer nervöser, Milly ist noch nie weggelaufen. Sie ist eine ganz treue Hündin und hört sonst immer sehr gut.

„Wir werden deinen Hund schon finden, Sina, mach dir keine Sorgen“, versucht Lennard mich zu beruhigen. Ich mache mir trotzdem schreckliche Sorgen, denn Weglaufen passt gar nicht zu Milly. Wir sind schon eine halbe Stunde unterwegs und haben unseren Teil des Dorfes abgesucht, deshalb gehen wir zu Oma Nitas Haus, um nachzuschauen, ob Milly vielleicht wieder dorthin zurückgekommen ist.

„Sie ist nicht hier, Sina, tut mir leid“, sagt Oma traurig. „Ich habe die ganze Zeit immer wieder nach ihr gerufen und die Augen offengehalten.“

Ich merke, wie mir Tränen in die Augen schießen. Wo kann meine liebe Milly nur sein? Hoffentlich ist ihr nichts passiert. Da ich auf keinen Fall vor Lennard weinen möchte, sage ich, dass ich mal kurz ins Bad müsse. Auf der Treppe nach oben höre ich ein scharrendes Geräusch. Es kommt aus Omas Schlafzimmer. Die Schlafzimmertür meiner Großeltern ist die einzige im oberen Stockwerk, die geschlossen ist. So schnell ich nur kann, laufe ich zu ihr hin und öffne sie. Milly springt mir wedelnd entgegen. Glücklich knie ich mich zu ihr auf den Boden. Voller Freude springt sie an mir hoch und leckt mich ab. Sofort rufe ich ganz laut nach unten: „Sie ist hier, Milly ist hier!“

Daraufhin kommt Lennard die Treppe hochgelaufen, gefolgt von Oma Nita und Opa Jo.

Mit beiden Händen wische ich mir hastig meine Freudentränen weg, ich bin so unendlich erleichtert.

„Oma, sie war die ganze Zeit in eurem Schlafzimmer eingesperrt. Die Tür war zu, deshalb konnte sie nicht kommen, als ich vorhin nach oben gerufen habe. Wie hat sie es nur geschafft, sich selber einzusperren?“, frage ich mich stirnrunzelnd.

„Die Tür muss durch den Wind zugefallen sein, schau mal, das Schlafzimmerfenster ist gekippt“, stellt Oma fest.

„Was für eine Aufregung, aber jetzt ist sie ja wieder da“, meint Opa zufrieden und streichelt Milly am Kopf.

„Wir müssen gleich deine Eltern anrufen“, erinnert mich Oma.

„Ja, und wir sollten Nele und Sam suchen und ihnen Bescheid sagen, dass Milly wieder da ist!“, bedenkt Lennard.

„Dass sie eigentlich die ganze Zeit da war!“, stelle ich beschämt fest. Lennard nickt und streicht mir über die Schulter.

„Egal, Hauptsache, du hast sie wieder“, sagt er freundlich.

„Ja, Gott sei Dank.“ Strahlend drücke ich Milly ganz fest an mich.

„Wie konnte ich so blöde sein, im Haus nur nach ihr zu rufen und gar nicht nachzuschauen, ob sie in der oberen Etage irgendwo ist?“, mache ich mir Vorwürfe, als Lennard und ich später die Straße entlanggehen.

„Ach Quatsch, Sina“, erwidert er bestimmt. „Wie solltest du denn wissen, dass Milly eingesperrt ist, weil der Wind die Tür zugeschlagen hat.“

„Ja, aber dafür sind wir alle durchs ganze Dorf gelaufen, um Milly zu suchen, und die saß die ganze Zeit in Omas Haus und konnte nicht raus. Alles umsonst“, sage ich traurig.

„Na, ganz umsonst war das ja auch nicht“, meint Lennard lächelnd. „Ich fand es eigentlich ganz schön, mit dir durchs Dorf zu laufen!“

Ich schaue angestrengt auf den Boden vor mir und nicke ein bisschen. Gerade bin ich ganz rot geworden, allerdings bestimmt nicht wegen der Sonne. Auf einmal spüre ich Lennards Hand an meiner. Er nimmt meine Hand vorsichtig in seine und wir gehen einfach weiter. Ich bin sprachlos und etwas geschockt. Doch vor allem bin ich total glücklich. Hand in Hand gehen wir beide bis zum Gartentor vor unserem Haus und Milly trottet hinter uns her. Dort lässt Lennard meine Hand langsam los und lächelt mich an. Ich lächele schüchtern zurück und gemeinsam gehen wir hinters Haus, wo schon alle versammelt sind. Auch Nele und Sam sind vor wenigen Minuten hier angekommen. Milly wird von allen begrüßt, als wäre sie seit Wochen vermisst worden, und von Papa bekommt sie ein großes Stück Wurst. Jetzt können wir alle über die Geschichte lachen.

Nachdem sich der ganze Trubel etwas beruhigt hat, fällt mir ein, dass ich Oma mit den Erdbeeren und der ganzen Arbeit alleine gelassen habe.

„Mama, ich muss noch einmal zu Oma Nita zurück, wir wollten doch vor Millys Verschwinden gerade Erdbeermarmelade kochen. Ich gehe schnell zu ihr rüber und helfe ihr weiter, sonst muss sie das alles alleine machen."

„Ja, ist gut, mach das", antwortet Mama. „Aber lass Milly bitte hier, das war heute genug Aufregung für sie."

„Ich komme noch ein Stück mit dir, liegt ja auf meinem Weg nach Hause", meint Lennard.

„Ja klar!", entgegne ich ihm und kann mir ein Lächeln nicht verkneifen. Als wir auf der Straße sind, nimmt Lennard wieder meine Hand, einfach so, ganz sanft, so als hätte er das schon tausend Mal gemacht. Mir bleibt vor Schreck fast mein Herz stehen und tausend kleine Schmetterlinge flattern durch meinen Bauch und schlagen Saltos. Mein Gesicht drehe ich ein wenig von ihm weg, damit er es nicht sehen kann, denn ich strahle wie ein Honigkuchenpferd.

Am nächsten Tag

Heute konnte ich endlich ausschlafen, keine laute Musik, kein Geschrei, absolute Ruhe. Als ich mit halb geöffneten Augen auf meinen Wecker schaue, kann ich kaum glauben, dass ich tatsächlich bis 9:20 Uhr geschlafen habe. Die Ferien sind anstrengender, als ich dachte. Noch etwas verschlafen schleiche ich die Treppe hinunter und kann niemanden im Haus entdecken. Lediglich Milly hüpft freudig aus ihrem Körbchen und springt an meinen Beinen hoch, um mich zu begrüßen. Ich streichele sie ein bisschen unter dem Hals, das ist ihre Lieblingsstelle, danach trottet sie mir in die Küche nach. Auf dem Küchentisch stehen ein einzelner Teller und eine Tasse für mich und daneben entdecke ich einen Zettel von Mama:

Guten Morgen, meine kleine Schlafmütze,

Papa und ich fahren jetzt nach Merzig einkaufen, Jakob ist schon mit Freunden ins Schwimmbad und David ist bei Opa, um den Rasen zu mähen.

Kannst du bitte nach dem Frühstück mit Milly rausgehen?

Danke, bis später!

Kuss Mama

Ich habe sturmfrei, wie cool ist das denn? Als Erstes laufe ich nach oben, wasche mich und ziehe mir meine kurze Hose und mein Lieblings-T-Shirt an. Ich liebe den Sommer. Wenn man morgens schon kurze Sachen anziehen kann, ist das einfach super. Am liebsten würde ich gleich Nele anrufen, aber ich weiß nicht, ob sie noch schläft. Ich möchte sie auf keinen Fall wecken, denn das kann sie überhaupt nicht ausstehen. Das hält sie mir dann den ganzen Tag lang vor. Jetzt mache ich mir erst einmal Frühstück. Diese Ruhe im Haus ist für mich ganz ungewohnt und ein bisschen unheimlich, deshalb schalte ich das Radio ein und singe den neuen Song von Andreas Bourani lautstark mit: Mein Herz schlägt schneller als deins … Dabei muss ich gleich wieder an Lennard denken. Ich weiß nicht, ob sein Herz gestern genau so schnell wie meines geschlagen hat, doch ich wünsche es mir so sehr. Es war so schön, als wir gestern Hand in Hand die Straße entlanggegangen sind. Was er wohl jetzt gerade macht?

Das Klingeln unseres Telefons reißt mich aus meinen Gedanken. Erschrocken springe ich auf und erkenne sofort Neles Nummer auf dem Display.

„Hi, Sina, du musst mir sofort alles erzählen!“, sind ihre ersten Worte, nachdem ich abgehoben und mich gemeldet habe.

„Guten Morgen, du Vorwitznase! Was soll ich dir erzählen?“, frage ich lächelnd und tue ganz unwissend.

„Ach, komm schon, das weißt du doch genau! Spann mich nicht länger auf die Folter!“, stöhnt sie ins Telefon.

„Willst du nicht vorbeikommen? Ich bin ganz alleine.“

„Ja klar, bin sofort da!“, antwortet sie knapp und legt sofort auf. 30 Sekunden später klingelt es an der Haustür.

„Hi“, begrüßt sie mich kurz und bündig und fällt mir um den Hals. „Nun sag schon, seid ihr jetzt richtig zusammen, Lennard und du?“

„Ähm, das weiß ich eigentlich gar nicht so genau“, gebe ich kleinlaut zu.

„Wie, du weißt das nicht so genau. Habt ihr euch denn gestern endlich geküsst?“, fällt Nele mit der Tür ins Haus.

„Nein, haben wir nicht. Jetzt komm doch erst einmal rein, damit ich die Tür schließen kann, sonst weiß gleich ganz Harlingen, was los ist", schimpfe ich und ziehe Nele unsanft ins Haus. Wir gehen hoch in mein Zimmer und lassen uns nebeneinander auf mein Bett fallen.

„So, Sina, ich bin ganz Ohr!", informiert mich Nele und schaut mich neugierig an.

„Ja, also ...", stammele ich vor mich hin. „Es war echt schön", beginne ich dann zu erzählen. „Als ich gestern mit Lennard zu Oma zurückgegangen bin, hat er auf der Straße wieder meine Hand genommen, ganz sanft und ein bisschen zögerlich. So, als ob er wissen möchte, ob das okay für mich ist."

„Oh, wie süß, und dann?", drängt Nele ungeduldig weiter.

„So sind wir zusammen die Straße entlanggegangen, sogar an unseren Nachbarn vorbei, die im Garten gearbeitet haben. Die haben zu uns herübergeschaut und gelächelt. Als wir vor Lennards Haus ankamen, hat er mich ganz süß angeschaut und langsam meine Hand losgelassen."

„Und dann?" Nele ist ganz außer sich und zappelt nervös auf dem Bett hin und her.

„Na ja, dann habe ich Tschüss gesagt und Lennard hat auch Tschüss gesagt und dann bin ich gegangen", berichte ich weiter.

„Und dann?", fragt Nele neugierig und ungläubig zugleich. „Das war alles?"

„Als ich ein Stückchen gegangen war, habe ich es nicht mehr ausgehalten und zurückgeschaut. Lennard stand immer noch vor seiner Haustür und schaute mir lächelnd nach. Ich habe zurückgelächelt und bin weiter zu Oma gegangen."

„Oh Gott, wie süß!", strahlt Nele über beide Ohren.

„Ja, finde ich auch", strahle ich ebenfalls und kuschele mich grinsend in die Kissen. Nachdem Nele nun jedes einzelne Detail erfahren hat, ist sie sichtlich beruhigt. Wir schnappen uns Milly und gehen mit ihr eine Runde über die Felder spazieren. Wir brauchen jetzt beide ein bisschen frische Luft und man weiß ja nie, wer einem unterwegs begegnet!

Der Zettel im Briefkasten

Heute Morgen wache ich mit einem Lächeln im Gesicht auf. Ich versuche mich an den Traum der letzten Nacht zu erinnern, doch es gelingt mir einfach nicht. Ich weiß nur, dass es ein schöner Traum war und dass Lennard darin vorkam. In meinem warmen Bett strecke ich mich noch einmal lange aus und kuschele mich in mein Kissen. An wieder einschlafen ist nicht mehr zu denken, denn immer, wenn ich meine Augen schließe, sehe ich Lennard vor mir. Bevor ich jetzt völlig verrückt werde, stehe ich lieber auf. Von unten höre ich Gemurmel, leise Musik aus dem Radio und Millys Bellen. Wahrscheinlich sitzt die ganze Bande bereits in der Küche beim Frühstück.

Als ich die Küche betrete, sitzen dort Mama und Papa mit meinen Großeltern.

„Guten Morgen“, strahle ich und umarme meine Oma Nita.

„Guten Morgen, wir sind auch noch da“, beschwert sich Mama gespielt beleidigt.

„Guten Morgen, meine liebste Mama“, umarme ich sie und drücke ihr einen dicken Kuss auf die Wange.

„Schon besser“, sagt sie besänftigt und streichelt mir über den Kopf. „Du hast heute aber lange geschlafen, Sina. Ich habe eben die Post hereingeholt und dazwischen lag ein Zettel mit deinem Namen darauf.“

„Was?“, frage ich ganz ungläubig. „Welcher Zettel denn?“

Mama zeigt hinter sich auf die Ablage und lächelt.

„Meinst du diesen hier?“, höre ich plötzlich Jakobs Stimme hinter mir. Er ist gerade zur Tür hereingekommen und hat sich in Windeseile das Papier geschnappt. Jetzt steht er grinsend vor mir und schwenkt den Zettel vor meiner

Nase hin und her. Als ich danach greifen will, zieht er seine Hand zurück, hält den Zettel hoch über sich und lacht ganz mies. Ich werde richtig wütend und ziehe an seinem Arm, doch leider ist mein großer Bruder ein gutes Stück größer und vor allem stärker als ich.

„Gib sofort her!“, fauche ich Jakob an. Dieser Blödmann.

„Gib ihr den Zettel, Jakob, du Ekel!“, bestimmt Papa. Widerwillig drückt mir Jakob den Zettel in die Hand. Ich halte ihn ganz fest und laufe damit hoch in mein Zimmer. Oma und Opa schauen mir lächelnd hinterher.

„Das muss ja etwas ganz Wichtiges sein“, höre ich Oma noch sagen. Ich schließe meine Tür hinter mir und lege mich aufs Bett. Ich betrachte den zusammengefalteten Zettel von allen Seiten. Jemand hat mit Füller meinen Namen darauf geschrieben. Die Schrift sieht nicht sehr ordentlich aus, eher wie eine Jungenschrift. Mir wird ganz heiß und mein

Herz beginnt schneller zu schlagen. Ich halte die Spannung jetzt nicht mehr aus und falte das Papier vorsichtig auseinander.

Liebe Sina,

hast du Lust, mich heute Nachmittag am Teufelsfelsen zu treffen? Nur ein bisschen quatschen und vielleicht auch baden.

Wenn du magst, komm einfach, ich bin gegen 16 Uhr da.

Tschüss Lennard

Ich lese den Brief noch einmal und dann ein drittes Mal. Mein Lächeln wird immer breiter. Glücklich springe ich auf und hüpfe jubelnd und lachend auf meinem Bett herum. Lennard will sich mit mir treffen. Ganz alleine. Ich kann es kaum glauben. Der Teufelsfels liegt etwas auswärts von unserem Dorf. Ein kleiner

Trampelpfad entlang der Felder führt bis zu einem kleinen See. Dort ragt der Teufelsfels an seiner niedrigsten Stelle direkt in den See hinein. Dahinter ist das Wasser gleich ziemlich tief, so dass wir im Sommer direkt vom Felsen in den See springen können. Ich war bereits oft mit Nele dort und auch schon mit Lennard und Sam, aber niemals mit Lennard alleine. Ich bin total aufgeregt!

Es sind noch fast sechs Stunden bis zu unserem Treffen, doch sie kommen mir im Moment wie 60 Stunden vor. Ich weiß einfach nichts mit mir anzufangen. Wenn ich zu den anderen in die Küche gehe, fragen mich gleich alle, von wem der Brief ist, und das möchte ich nicht erzählen. Nele ist heute auch nicht da, sie besucht ihre Oma in Trier. Also schnappe ich mir Milly und mache mit ihr einen großen Spaziergang durchs Dorf. Danach räume ich gründlich mein Zimmer auf, und als ich das nächste Mal auf die Uhr schaue, sind trotzdem nicht einmal zwei Stunden vergangen. Um mich abzulenken, lege ich mich mit einem Buch hinters Haus auf die Liege in den Schatten, doch meine Gedanken schweifen während des Lesens immer wieder ab. Ich kann mich überhaupt nicht konzentrieren.

Beim Mittagessen schaut Mama mich von der Seite neugierig an.

„Und?“, fragt sie lächelnd.

„Alles klar!“, antworte ich schnell. „Nichts Besonderes!“, setze ich noch nach und schiebe mir schnell eine volle Gabel mit Nudeln in den Mund. Nach dem Essen helfe ich Mama freiwillig beim Aufräumen der Küche und frage sie danach, was ich sonst noch tun könnte.

„Nanu!“, staunt Mama. „Du möchtest freiwillig helfen?“

„Ja, was ist denn so ungewöhnlich daran?“, frage ich schnippisch.

„Gar nichts!“, versucht Mama mich zu besänftigen. „Du könntest vorne im Garten ein bisschen Unkraut jäten, nach dem letzten Regen ist es schrecklich nachgewachsen.“

„Okay, das mache ich“, antworte ich und hänge das Geschirrtuch auf. Anschließend habe ich bei der eintönigen Gartenarbeit jedoch schrecklich viel Zeit zum Nachdenken und das ist gar nicht gut. Ich werde langsam immer zappeliger. Während ich mit der Harke den Boden auflockere und die kleinen Unkrautbüschel mit der Hand aus der Erde ziehe, denke ich darüber nach, was ich mit Lennard reden könnte, was ich anziehen soll ... Ob ich etwas zu knabbern mitnehmen sollte?

Nachdem ich das kleine Beet von Unkraut und Grashalmen befreit habe, gehe ich ins Haus und schaue auf die Uhr. Es ist kurz vor 15 Uhr. Gott sei Dank, nur noch eine Stunde. In meinem Zimmer ziehe meinen Badeanzug und darüber mein blaues Lieblingskleid an. In meinen Rucksack packe ich mein Badetuch, zwei kleine Flaschen Apfelschorle und eine Packung Kekse. Mittlerweile ist es halb vier, aber ich kann jetzt nicht länger Däumchen drehen. Deshalb sage ich Mama Bescheid, dass ich weg bin, und mache mich auf den Weg zum Teufelsfelsen. Mit jedem Meter werde ich nervöser, ich kann es jetzt kaum noch erwarten, Lennard endlich wiederzusehen. Der Weg über die staubigen Felder ist mühsam in der heißen Sonne. Ich beginne zu schwitzen und meine Füße und Beine werden ganz staubig von der trockenen Erde. Auf den letzten Metern halte ich den Atem an, doch als ich durch das Gebüsch den Teufelsfels betrete, bin ich total enttäuscht.

Ich bin alleine hier, Lennard ist nirgends auszumachen. Meine Uhr habe ich nicht mitgenommen, es kann gut sein, dass ich zu früh hier bin. Kein Wunder, so schnell, wie ich gegangen bin. Daher setze ich mich erstmal in den Schatten unter eine große Eiche und trinke etwas. Nachdem ich ein paar Minuten so dagesessen habe, gehe ich zum unteren Ende des Felsens, lasse mich dort am Rand nieder und meine Füße ins kalte Wasser baumeln. Ich bin mir sicher, dass es mittlerweile schon nach 16 Uhr sein muss. Wo bleibt Lennard nur? Nach weiteren 10 Minuten werde ich langsam ungeduldig. Wenn man jemandem eine Uhrzeit nennt, muss man doch auch da sein. Ich stehe auf und spaziere ein Stück am See entlang. Ich spüre, wie Wut in mir aufsteigt. Ob Lennard mich nur verarschen wollte, denke ich plötzlich. Aber so etwas würde er doch nie tun. Das glaube ich nicht. Ich will es nicht glauben, sondern sage mir: „Ich zähle jetzt bis 100, und wenn Lennard dann nicht da ist, gehe ich nach Hause.“ Und so beginne ich zu zählen, in einem ruhigen, gleichmäßigen Rhythmus. Nur die Zahlen von 90 bis 100 ziehe ich quälend in die

Länge. Dann bin ich bei 100 angekommen und spüre einen dicken Kloß in meinem Hals.

Er ist nicht gekommen. Lennard ist einfach nicht aufgetaucht. Wie kann er nur so etwas tun? Langsam ziehe ich meine Sandalen wieder an und versuche, nicht zu weinen. Über die staubigen Felder gehe ich zurück ins Dorf, dieses Mal allerdings langsam und mit hängenden Schultern. Immer wieder schaue ich in Richtung des Dorfes, ob er mir nicht entgegenkommt, doch vergeblich. Was habe ich mir nur gedacht? Wie konnte ich nur so blöd sein zu glauben, dass Lennard auf ein Mädchen wie mich steht? Am Ortsschild wische ich mir ein letztes Mal die Tränen aus dem Gesicht und laufe nach Hause. Leise gehe ich zur Hintertür hinein und renne schnell die Treppe hoch.

„Sina!", ruft Mama mir nach.

„Nicht jetzt!", schreie ich nach unten und knalle meine Zimmertür zu. Dann werfe ich mich aufs Bett und lasse meinen Tränen und meiner Enttäuschung freien Lauf. Einen Moment später klopft Mama an die Zimmertür.

„Sina, Lennard hat vor wenigen Minuten angerufen", ruft sie durch die geschlossene Tür.

„Das ist mir egal", schreie ich schluchzend zurück.

„Er ist mit seiner Familie im Krankenhaus, sein Opa wurde dort eingeliefert." Es dauert einen Moment, bis ich verstehe, was Mama gerade gesagt hat.

„Darf ich reinkommen?", fragt sie besänftigend. Ich setze mich auf und wische meine Tränen weg.

„Ja!", antworte ich leise. „Was ist passiert?", frage ich mit zitternder Stimme, als Mama mein Zimmer betritt. Sie setzt sich zu mir aufs Bett und nimmt mich in ihre Arme. Sanft streicht sie mir über den Rücken und wartet, bis ich mich beruhigt habe. Nun lässt sie mich langsam los.

„Lennards Opa hatte vermutlich einen leichten Schlaganfall. Er ist gefallen und konnte nicht mehr aufstehen“, erklärt mir Mama ruhig. „Er wurde mit dem Krankenwagen ins Krankenhaus gebracht und Lennard ist mit seiner Mutter gleich hinterhergefahren.“

„Ich war mit Lennard am Teufelsfels verabredet und er ist nicht aufgetaucht“, erkläre ich Mama. „Ich war so wütend und enttäuscht, aber ich wusste ja nicht ...“ Ich breche ab und beginne erneut zu weinen. Einerseits wegen der schlimmen Neuigkeiten über Lennards Opa, andererseits vor Erleichterung, dass Lennard mich nicht extra versetzt hat. Mama drückt mich nochmals an sich und hält mich einfach nur fest, bis die letzten Tränen geweint sind und ich mich langsam beruhige.

„Lennard hat gesagt, dass er sich später nochmal meldet. Komm bitte mit mir runter und dann schauen wir zusammen ein bisschen fern. Das wird dich ablenken!“, schlägt Mama vor. Im Wohnzimmer kuscheln wir uns zusammen auf die Couch und schauen uns eine Folge der Jugendserie „Meine Schwester Charly“ an.

Das Fernsehen lenkt mich ein wenig ab, doch ich muss auch immer wieder an Lennard und seinen Opa denken, der mir unglaublich leid tut. Etwas später klingelt das Telefon. Sofort springe ich auf und stürme zum Hörer. Es ist wirklich Lennard. „Hi, Sina“, höre ich seine Stimme am anderen Ende der Leitung, er klingt anders als sonst.

„Hi, Lennard“, sage ich zögernd. Ich traue mich gar nicht, nach seinem Opa zu fragen.

Lennard scheint meine Unsicherheit zu spüren und beginnt zu erzählen: „Mein Opa hatte einen leichten Schlaganfall.“

„Oh nein“, sage ich bestürzt.

„Es ist aber wohl nicht so schlimm. Er kann schon wieder ganz normal reden, nur sein rechter Arm und seine rechte Gesichtshälfte sind noch leicht taub. Die Ärzte sagen, das wird in den nächsten Tagen wieder verschwinden und er wird wahrscheinlich keine bleibenden Schäden zurückbehalten."

„Oh, Gott sei Dank", sage ich erleichtert und schlucke die Tränen herunter.

„Es tut mir wirklich leid, dass ich nicht zum Felsen kommen konnte", sagt Lennard traurig.

„Ist schon okay", versichere ich ihm. „Du konntest ja nichts dafür." Es entsteht eine längere Pause.

„Sina, willst du ein bisschen zu mir rüberkommen?", fragt Lennard unsicher. „Ich bin irgendwie total fertig", erklärt er mit zitternder Stimme.

„Klar", antworte ich etwas überrascht. „Ich bin gleich da."

„Gut, dann bis gleich." Lennard wirkt erleichtert.

„Ja, bis gleich", erwidere ich und lege auf. Ich sage Mama Bescheid, schnappe mir meine Schuhe und laufe so schnell ich kann zu

Lennards Haus. Auf der Haustreppe nehme ich immer zwei Stufen auf einmal und bleibe außer Atem vor seiner Haustür stehen. Ich atme einmal tief durch und drücke auf die Klingel. Einen kurzen Moment später öffnet mir Lennards Mama die Tür. Claudia sieht etwas mitgenommen aus, doch sie lächelt mich an. „Hallo, Sina, wie schön, dass du vorbeikommst. Lennard wird sich freuen dich zu sehen."

„Hallo. Es tut mir leid, was mit eurem Opa passiert ist", sage ich unsicher.

„Danke, das ist lieb von dir. Wir haben alle einen riesigen Schrecken bekommen, aber es geht ihm jetzt schon viel besser. Er wird wieder ganz der Alte werden, mach dir keine Sorgen", versichert mir Claudia und klopft mir zärtlich auf die Schulter. „Lennard ist in seinem Zimmer, geh einfach durch."

Seine Zimmertür ist einen kleinen Spalt geöffnet. Ich klopfe kurz an und öffne sie dann langsam. Als Lennard mich sieht, steht er von seinem Schreibtischstuhl auf und kommt einen Schritt auf mich zu. Ich sehe sein trauriges Gesicht und weiß sofort, dass er geweint hat. Ohne nachzudenken gehe ich auf ihn zu und umarme ihn. Er erwidert meine Umarmung und drückt mich etwas fester an sich. Ich spüre das Herz in seiner Brust schlagen und höre, wie schnell sein Atem geht. Angestrengt versuche ich, nicht auch zu weinen, was mir jedoch nicht gelingen will. So stehen wir eine ganze Zeit lang da. Ich spüre seine feuchten Tränen auf meiner Schulter und merke, wie sein Atem ruhiger und gleichmäßiger wird. Dann lässt Lennard mich langsam los und dreht sich schnell um. Dabei wischt er sich eilig mit der Hand die letzten Tränen aus dem Gesicht.

„Danke, dass du gekommen bist“, sagt er mit dem Rücken zu mir.

„Kein Thema“, ist alles, was ich erwidern kann.

„Sonst bin ich eigentlich nicht so ’ne Heulsuse“, erklärt Lennard etwas verlegen.

„Ist doch nicht schlimm. Ich wäre auch traurig, wenn meinem Opa so etwas passiert wäre“, versuche ich ihn zu beruhigen. Daraufhin dreht er sich zu mir um und lächelt sogar wieder ein bisschen.

„Sollen wir vielleicht nach draußen gehen und etwas unternehmen?“, fragt Lennard. „Ich wäre froh über ein bisschen Ablenkung!“

„Ja, total gerne“, stimme ich zu. „Wir könnten ja rüber zum Teufelsfels gehen, ich habe meinen Badeanzug immer noch an.“

„Das ist eine gute Idee. Mein Rucksack steht auch seit heute Mittag fertig gepackt hier“, sagt Lennard und zeigt auf seinen Rucksack und die Wolldecke daneben.

„Ich habe meinen zu Hause stehen, den können wir ja holen! Und ich will Mama Bescheid sagen, wo wir hingehen“, schlage ich vor und dabei fällt mir noch ein: „Dann können wir auch Milly mit zum See nehmen, sie schwimmt doch so gerne!“

„Klar, kein Problem“, meint Lennard und hängt sich seinen Rucksack über die Schulter.

Baden am Teufelsfels

Als wir etwas später auf dem Weg zum See die Felder erreichen, mache ich Milly von der Leine los. Sie saust wie ein Blitz über den Acker und versucht, Raben zu fangen. Lennard und ich gehen nebeneinander her und genießen die Ruhe. Obwohl wir gerade nicht reden, entsteht keine peinliche Stille, es ist sogar richtig schön. Der Himmel ist ziemlich dicht mit Wolken behangen, doch es ist immer noch sehr warm. Am Teufelsfels angekommen, stellen wir fest, dass wir ganz alleine hier sind.

„Umso besser!“, lacht Lennard. „Heute gehört der ganze See nur uns alleine.“

„Das ist schon cool! Es könnte allerdings auch daran liegen, dass es bestimmt bald regnen wird“, vermute ich und deute zum Himmel, der sich immer dunkler zuzieht.

„Dann sollten wir keine Zeit verlieren." Lennard zieht sich seine Turnschuhe, sein T-Shirt und die kurze Hose aus. Darunter trägt er seine Badeshorts. Schnell ziehe ich meine Schuhe und mein Kleid aus, meinen Badeanzug habe ich ja nach wie vor schon an. Nun schaue ich Lennard erstmal unsicher an. Dieser zieht frech eine Augenbraue hoch und ein Lächeln breitet sich auf seinem Gesicht aus. Dann dreht er sich um und rennt los. Er sprintet ins Wasser und als es ihm bis zu den Oberschenkeln reicht, wirft er sich kopfüber hinein. Das sieht gar nicht schlecht aus. Einen Moment später taucht er wieder auf, schüttelt seine nassen Haare aus dem Gesicht und winkt mich zu sich. Na, so eine Nummer bekomme ich jetzt leider nicht hin. Ich tauche erst meinen rechten Fuß in den See und ziehe ihn schnell wieder zurück. Das Wasser ist ganz schön kalt! Aber nach Lennards Show möchte ich mich nicht blamieren. Todesmutig gehe ich mit langsamen Schritten ins Wasser.

Milly schaut uns vom Ufer aus zu. Als mir das Wasser bis zum Po reicht, fröstele ich und bekomme am ganzen Körper Gänsehaut. Lennard kommt auf mich zugeschwommen. Oh nein, jetzt bitte nicht spritzen oder untertauchen, das kann ich gar nicht leiden. Lennard schwimmt mir jedoch nur ruhig entgegen, stellt sich neben mich und gibt mir seine Hand. Dann gehen wir gemeinsam, ganz langsam, immer tiefer hinein. Als ich kaum noch stehen kann, lässt Lennard meine Hand langsam los und wir schwimmen nebeneinander ins tiefere Wasser. Man hört nur das Plätschern des Wassers und unseren Atem. Milly steht immer noch am Ufer und schaut zu uns herüber, es ist ihr anscheinend zu kalt.

Nach einigen Minuten schaut Lennard mich überrascht an und fragt: „Sina, ist dir kalt? Du bekommst ja ganz blaue Lippen."

„Ja", gebe ich schlotternd zu. „Ich glaube, ich muss raus aus dem Wasser."

Lennard schwimmt mit mir zurück zum Ufer und gibt mir aus seinem Rucksack ein Badetuch. Ich wickele mich sofort darin ein und setzte mich auf die Decke.

„Hey Sina, du zitterst ja total. Hier, pack dich auch in die Decke ein“, sagt Lennard und legt sie mir über die Schultern. Dann setzt er sich neben mich und versorgt mich mit Keksen und Apfelschorle. Ich genieße es total, von Lennard so verwöhnt zu werden.

So sitzen wir noch eine ganze Weile, doch der Himmel wird immer dunkler und es kommt immer mehr Wind auf.

„Lennard, ich glaube, wir müssen nach Hause. Es beginnt bestimmt gleich zu regnen.“

„Ja, sieht ganz so aus. Komm, wir ziehen uns an“, schlägt er vor und steht schwungvoll auf.

Es ist mir viel zu peinlich, mich hinter einer Hecke oder unter der Decke umzuziehen, also lasse ich meinen nassen Badeanzug an und ziehe mein Kleid darüber. Lennard macht es genauso und als wir die Decke zusammenfalten, fallen die ersten Regentropfen vom Himmel. Wir schnappen uns den Rucksack und laufen los. Milly läuft uns bellend hinterher. Als wir mitten auf dem freien Feld sind, beginnt es richtig zu schütten. Wir laufen lachend und keuchend nebeneinander. Zum Glück entdeckt Lennard einen Holzschuppen etwas links von uns und greift nach meiner Hand. Er zieht mich mit und wir rennen so schnell wir können unter den Holzverschlag. Völlig außer Atem setzen wir uns auf den Boden, mein Herz pocht wie verrückt. Milly setzt sich zu uns und leckt die Tropfen von meinen nassen Beinen. Unsere Gesichter sind vom Laufen ganz gerötet und die nassen Haare kleben uns im Gesicht. Lennard und ich schauen uns an und müssen beide lauthals loslachen. Milly springt auf und wedelt wie verrückt mit ihrem Schwanz. Sie versteht gar nicht, was hier los ist. Nach ein paar

Minuten lässt der Regen etwas nach und wir beschließen nach Hause zu laufen. Die Decke halten wir mit ausgestreckten Armen zum Schutz über uns und bewegen uns dicht nebeneinander her. Als wir das Ortsschild erreicht haben, sind wir so außer Atem, dass wir nur noch weiter gehen können. Vor Lennards Haus nehme ich die Decke herunter.

„Nein, lass die Decke über deinem Kopf und nimm sie einfach mit. Du kannst sie mir ja morgen zurückgeben!", schlägt Lennard vor. Er sieht mich so süß an mit seinen blauen, leuchtenden Augen und den nassen Haaren.

„Danke", bringe ich schüchtern heraus.

„Sina, das hat mir heute echt Spaß gemacht!", sagt Lennard lächelnd.

„Mir auch", entgegne ich ihm.

„Das sollten wir unbedingt nochmal machen", schlägt er vor.

„Ja, gerne, nur vielleicht das nächste Mal bei schönem Wetter."

Lennard wird jetzt ganz ernst: „Danke, dass du heute für mich da warst. Ich war total fertig wegen Opa.“

„Gern geschehen“, sage ich verlegen.

„Dann komm gut nach Hause“, erwidert Lennard und lächelt mich an.

„Ja, tschüss!“, gebe ich fröhlich zurück und gehe los. Als ich wenige Minuten später tropfnass mit Milly zu Hause ankomme, bemerke ich, dass ich immer noch lächle.

Ab ans Meer

„Hallo“, begrüße ich Oma Nita lächelnd und umarme sie. Sie drückt mich an sich und schaukelt mich ein bisschen hin und her.

„Na, meine Liebe, wie sind die Ferien bis jetzt? Ich bekomme dich ja kaum noch zu sehen!“, beschwert sie sich schmunzelnd.

„Na ja, ich bin im Moment echt viel unterwegs!“

„Das ist doch völlig in Ordnung, mach dir eine schöne Zeit mit Nele und deinen anderen Freunden, dafür sind die Ferien doch da.“

„Und was machst du die ganze Zeit, Oma?“

„Ach, Opa und ich haben jede Menge Arbeit im Garten. Du musst gleich mit mir ins Gewächshaus gehen und dir unsere Tomatenstöcke anschauen, die sind riesig. Gestern war ich auf dem Geburtstag meiner

Nachbarin Gisela und am Mittwoch fahre ich ja schon mit Inge nach Breskens", erzählt Oma.

„Was, ihr fahrt nach Breskens?“, rufe ich ganz begeistert. Inge ist Omas jüngere Schwester. Sie besitzt ein Ferienhaus in Breskens, das ist ein kleiner Ferienort an der holländischen Küste.

„Ich will mit!“, rufe ich sofort und springe auf. „Darf ich bitte, bitte mit euch fahren“, bettele ich.

„Natürlich darfst du mit uns fahren. Aber glaubst du nicht, dass es dir ein bisschen langweilig mit uns alten Tanten werden könnte?“

„Nein, gar nicht“, versichere ich ihr. „Eigentlich könnte ich doch auch Nele mitnehmen, oder?“ Ich schaue Oma fragend an.

„Wir müssen natürlich erst Inge fragen und auch deine Eltern, ich denke, das dürfte jedoch kein Problem sein“, meint sie.

Gesagt, getan. Wir rufen Inge an und freuen uns, denn sie findet die Idee super. Auch Mama hat nichts dagegen, jetzt muss ich nur noch meine beste Freundin fragen. So schnell ich kann, laufe ich zu ihrem Haus und klingele stürmisch. Neles Mutter öffnet mir die Tür.

„Hallo, Sina, was ist denn mit dir los?“, fragt sie ganz überrascht.

„Ich muss ganz dringend zu Nele, ist sie da?“

„Ja, sie ist hinterm Haus auf dem Trampolin, geh ruhig durch.“ Als ich auf die Terrasse trete, traue ich meinen Augen nicht. Sam und Nele springen zusammen auf dem Trampolin und lachen sich dabei fast kaputt. Die beiden haben mich gar nicht bemerkt. Ich weiß, dass es jetzt echt blöde ist, die beiden zu stören. Trotzdem muss ich Nele die Neuigkeit sofort erzählen, sonst platze ich.

„Hi, ihr zwei!“, rufe ich ihnen zu.

„Hi, Sina, komm rauf und spring mit uns!", fordert Nele mich auf. Ich ziehe flink meine Schuhe aus und klettere durch die Netzöffnung.

„Nele, ich muss dich etwas ganz Wichtiges fragen!"

„Okay, was denn?", fragt sie hüpfend.

„Oma Nita und Inge fahren für vier Tage nach Breskens und wir dürfen mitfahren. Hast du Lust?"

„Ja klar", ruft Nele begeistert und springt zu mir herüber. Sie greift meine beiden Hände und wir hüpfen wie zwei wild gewordene Hühner auf dem Trampolin herum.

„Das wird super!", jubelt sie.

„Du musst aber noch deine Mama fragen!", bremse ich erst einmal ihre Euphorie.

„Ja, ich weiß. Sie muss einfach ja sagen", meint Nele völlig überzeugt. Und das tut ihre Mutter auch. Nele und ich sind vor Vorfreude völlig aus dem Häuschen. Uns bleiben nur zwei Tage zum Kofferpacken, und die vergehen wie im Flug. Wir wollen am Mittwochmorgen ganz früh los, wenn es noch nicht so heiß ist. Ich kann es kaum erwarten.

Der Abschied

Morgen früh um sechs Uhr soll die Fahrt losgehen. Nele will heute Abend bei mir schlafen, sie kommt gleich vorbei. Ich packe gerade die letzten Kleider und mein Buch in die kleine Reisetasche, als es an der Tür klingelt. Das wird bestimmt Nele sein, denke ich und hüpfe die Treppenstufen nach unten. Als ich die Haustüre erreiche, ziehe ich sie mit einem Ruck auf. Doch vor mir steht nicht Nele, sondern Lennard. Seit dem Tag am Badesee habe ich ihn nicht mehr gesehen und jetzt bin ich dermaßen überrascht, dass ich vor Schreck die Luft anhalte. In den letzten Tagen habe ich mir so oft gewünscht, ihn vor dem Hollandurlaub noch einmal zu sehen, doch ich war einfach zu feige, um mich bei ihm zu melden. Und nun, da er endlich vor mir steht, bekomme ich kein Wort heraus.

„Hi“, sagt Lennard lächelnd und schaut mich etwas unsicher an.

„Hi“, bringe ich gerade so hervor. Es entsteht eine Pause, weil niemand von uns beiden richtig weiß, was er sagen soll. Dann macht Lennard den Anfang.

„Sam hat mir erzählt, dass du morgen nach Holland fährst, da wollte ich dir nur noch schnell Tschüss sagen!“, erklärt er schüchtern.

„Wie schön“, sage ich leise und lächle ihn an. Lennard lächelt zurück.

„Willst du hereinkommen?“, biete ich ihm an und gehe ein Stück zur Seite.

„Willst du nicht lieber rauskommen, wir könnten uns vor die Hütte setzen?“, schlägt er vor.

„Ja, gerne“, antworte ich und folge ihm hinüber zum Häuschen. Wir setzen uns unter die große Linde ins Gras und lehnen uns mit dem Rücken an ihren dicken Stamm. Verlegen streiche ich mit meiner Hand durchs Gras und pflücke ein paar Gänseblümchen. Lennard schaut mich von der Seite an und lächelt. Was er wohl gerade denkt?

„Und, freust du dich schon auf deinen Urlaub?“, fragt er schließlich.

„Ja, total“, entgegne ich ihm.

„Und wie lange wirst du weg sein?“

„Nur vier Tage", antworte ich.

„Ah, gut“, sagt Lennard erleichtert.

„Wieso gut?“, frage ich neugierig.

„Ach, nur so“, entgegnet mir Lennard lächelnd und schaut verlegen zur Seite.

„Ich bin eigentlich auch ganz froh, dass es nur vier Tage sind. Länger will ich auch nicht so gerne von zu Hause weg“, verrate ich ihm.

„Ja, wieso?“, fragt er überrascht.

„Ach, nur so!“, entgegne ich ihm sanft und schaue angestrengt auf die Gänseblümchen in meiner Hand, aus denen ich mir gerade einen Haarkranz flechte.

„Ich muss jetzt leider wieder los, wir fahren gleich auf den Geburtstag von meinem Onkel Michael“, erklärt mir Lennard.

„Ah, okay“, antworte ich etwas enttäuscht. Hoffentlich bemerkt er meine Enttäuschung nicht.

„Dann wünsche ich dir und Nele viel Spaß in Holland“, sagt Lennard und steht langsam auf.

„Danke“, entgegne ich ihm und stelle mich ebenfalls hin. Er schaut mich mit seinen schönen blauen Augen direkt an. Dabei steckt er seine Hände lässig in die Hosentaschen und grinst. „Und schau nicht so viel nach den holländischen Jungs, ja!“, ermahnt er mich frech.

„Nein, keine Sorge!“, antworte ich ihm und grinse zurück.

„Dann mach es gut!“, sagt Lennard und zögert. Erst schaut er unsicher zu Boden, doch dann kommt er unerwartet einen Schritt auf mich zu, beugt sich nach vorne und gibt mir einen zarten, schüchternen Kuss auf meine Wange. Im nächsten Moment dreht er sich um und geht eilig davon. Ich stehe wie angewurzelt da und komme mir vor wie im Film. Lennard hat mich gerade geküsst, na ja, zumindest auf die Wange. Was mir ehrlich gesagt auch viel lieber ist, denn ich habe schreckliche Angst vor meinem ersten, richtigen Kuss. Einerseits kann ich es kaum erwarten und andererseits habe ich die totale Panik davor. Aber das gerade, das war schön. Richtig schön. Bedeutet das jetzt, dass Lennard auch in mich verliebt ist? Ich habe absolut keine Ahnung. Und das Schlimmste ist: Ich werde es in den nächsten vier Tagen auch nicht erfahren, weil ich Lennard erst am Samstag wiedersehen kann. Oh Gott, wie soll ich das nur aushalten?

Der Urlaub beginnt

Nele und ich sind noch schrecklich müde, als uns der Wecker um 5:30 Uhr weckt. Gestern Abend haben wir viel zu lange gequatscht, wir konnten vor Aufregung sowieso nicht einschlafen. Nach einer kurzen Katzenwäsche und dem Zähneputzen schnappen wir uns unsere Reisetaschen und setzen uns vors Haus auf die Treppe, um auf Oma und Inge zu warten. Plötzlich hören wir leise Schritte und im Halbdunkel taucht hinter uns Mama in ihrem Bademantel auf. Sie sieht ganz verschlafen aus mit ihren schmalen Augen und den strubbeligen Haaren.

„Hallo, Mama, tut mir leid, wenn wir dich geweckt haben.“

„Guten Morgen, ihr Mäuse. Nein, das ist nicht schlimm. Ich will mich noch von euch verabschieden“, erklärt Mama mit verschlafener Stimme. Ich stehe auf und drücke sie ganz fest.

„Ich werde dich vermissen!“, versichere ich ihr und spüre einen Kloß im Hals.

„Ich dich auch, mein Schatz. Aber du hast doch Oma, Tante Inge und deine Nele, da kann ja nichts mehr schief gehen“, versucht Mama mich aufzumuntern. Im nächsten Moment fährt auch schon Tante Inges Auto vor und Oma und ihre Schwester steigen freudestrahlend aus. Wir verstauen unser Gepäck im Kofferraum und verabschieden uns ein letztes Mal von Mama. Als wir aus unserer Straße herausfahren und auf die Hauptstraße abbiegen, sehe ich sie im Rückspiegel immer noch winken.

Die ersten Minuten ist es recht still im Auto, wir sind wohl alle noch etwas müde. Dann schaltet Inge das Autoradio ein. Gerade läuft das Lied „Herz über Kopf“ von Joris. Nele und ich erkennen es sofort und singen lauthals mit.

Danach ist dann wirklich jede von uns wach und das Geschnatter geht richtig los. Nach den ersten 150 km halten wir an einer kleinen Raststätte, denn es ist Zeit für unser mitgebrachtes Frühstück. Mir knurrt bereits der Magen und Nele muss zur Toilette.

„Na, das kann ja eine lange Fahrt werden!“, stöhnt Tante Inge.

„Ach lass mal, Inge, wenn wir erst einmal etwas im Bauch haben, halten die Mädchen bestimmt länger aus. Ich bin ganz froh, dass ich mir ein bisschen die Füße vertreten kann“, beruhigt Oma Nita ihre Schwester und tätschelt ihr dabei den Rücken. Nach gefühlten zehn Stunden, es waren in Wirklichkeit aber nur etwas mehr als zwei, erreichen wir die holländische Grenze. Jetzt ist es nicht mehr weit bis zu unserem Ziel. Wir haben im Auto gesungen, CDs gehört, Autoraten gespielt, Witze erzählt und Kekse gegessen. Ich bin völlig fertig und mein Po schmerzt vom langen

Sitzen. Außerdem kann ich es kaum erwarten, das Meer zu sehen. Okay, es ist die Nordsee, aber für mich ist es das Meer. Nach einer weiteren knappen Stunde haben wir es endlich geschafft. Wir biegen am Ortsschild „Breskens“ in das Feriendorf ein und nach wenigen Minuten stehen wir vor Tante Inges Ferienhaus. Hier sieht alles genauso aus wie immer. Ich war schon oft hier. Mit Mama, Papa, David und Jakob fahre ich fast jeden Sommer hierher. Das Haus ist groß genug für uns und supergemütlich, und bis zum Strand sind es nur knapp 10 Minuten Fußweg.

Oma und Inge möchten zuerst einen Kaffee trinken und später das Gepäck ausräumen. Natürlich wollen Nele und ich sofort zum Strand.

„Mädels, wartet doch bitte, bis wir uns ein bisschen ausgeruht haben, dann begleiten wir euch. Mir ist es gar nicht recht, wenn ihr hier alleine herumlauft“, erklärt uns Oma ängstlich. „Ich durfte letztes Jahr bereits mit David und Jakob alleine zum Strand, Mama hatte es uns erlaubt“, erkläre ich ihr.

„Ja, da hattest du allerdings deine großen Brüder dabei.“

„Bitte, Oma, wir sind ja auch zu zweit und wollen uns nur alles anschauen. Ich kenne mich hier total gut aus“, versuche ich Oma zu beruhigen.

„Anita, lass die Mädchen doch. Sie sind schließlich alt genug“, meldet sich jetzt Inge zu Wort. „Du glaubst nicht ernsthaft, dass die beiden die nächsten vier Tage nur mit uns abhängen wollen?“ Tante Inge und abhängen, ich muss mir ein Lachen verkneifen.

„Was guckt ihr denn so, das sagt man schließlich heute so oder nicht?“, fragt Tante Inge aufgeregt.

„Ja, das stimmt!“, mischt Nele sich jetzt ein. „Wir wollen zwar wirklich ganz viel mit euch abhängen, aber nicht die ganze Zeit, ist das okay?“

„In Ordnung“, gibt Oma mit einem Seufzer klein bei. „Dann haut ab, bevor ich es mir anders überlege. Aber passt bitte auf euch auf!“, ruft sie uns noch hinterher.

„Ja klar“, rufen Nele und ich wie aus einem Munde. Wir laufen den ganzen Weg bis zum Strand. Als wir an den Holzstufen der ersten Düne ankommen, habe ich bereits Seitenstechen und bekomme kaum noch Luft. Ich setze mich einen Moment auf die unterste Stufe, um zu verschnaufen.

„Na komm schon, Sina, mach jetzt bloß nicht schlapp!“, ruft Nele mir zu und läuft über die Holzstufen nach oben. Nele hat eindeutig mehr Kondition als ich. Ich raffe mich auf und folge ihr so schnell ich kann. Keuchend und schwitzend komme ich oben auf der Düne an und erblicke das Meer. Es ist gerade Flut und die Nordsee reicht bis ganz vorne an den

Strand. Ich höre das Rauschen der Wellen und das Kreischen der Seemöwen und könnte platzen vor Glück. Genüsslich atme ich die saubere, salzige Luft ein und schaue hinüber zum alten Leuchtturm. Alles ist noch genauso wie immer, es ist so schön, wieder hier zu sein. Ich schaue zu Nele. Ihre langen Haare flattern im Wind und ihre Wangen sind gerötet vom Laufen. Sie strahlt mich an.

„Mann, Sina, das hier ist echt der Hammer. Du hast mir nicht zu viel versprochen. Danke, dass du mich mitgenommen hast."

„Na klar, mit dir macht das alles hier viel mehr Spaß!", versichere ich ihr. Wir beide strahlen uns an und umarmen uns ganz fest. Dann ziehen wir unsere Schuhe aus und laufen barfuß über die Düne hinunter zum Strand. Es ist später Vormittag und der Strand ist fast menschenleer. Wir krempeln unsere Hosen hoch und gehen mit den Füßen ins niedrige Wasser. Hier liegen tausende, wunderschöne

Muscheln, ich bücke mich und fange gleich an, die schönsten einzusammeln. Nele und ich könnten noch ewig hier bleiben, aber der Hunger treibt uns nach zwei Stunden dann doch zurück zu Oma Nita und Tante Inge. Später wollen wir unbedingt noch einmal zum Strand.

Nach dem Mittagessen packen Nele und ich unsere Reisetaschen aus und legen uns hinters Haus auf die Sonnenliegen. Ich bin total erledigt und möchte für nur zwei Minuten meine Augen schließen. In der nächsten Sekunde bin ich tief und fest eingeschlafen. Als ich aufwache, liegt Nele schlafend neben mir. Oma Nita und Inge liegen im Wohnzimmer auf der Rundcouch, jede auf einer Seite, und schlafen ebenfalls. Wie schön es hier ist. Kein Stress, keine Termine, einfach mal Zeit, um gar nichts zu tun. Etwas später machen wir vier es uns auf der Terrasse unterm Sonnenschirm gemütlich und spielen

Rommé. Ich liebe dieses Kartenspiel und mit Oma Nita, Inge und Nele macht es richtig viel Spaß. Wir beschließen, einen Picknickkorb zu packen und gemeinsam zum Strand zu spazieren. Das Wetter ist traumhaft: windig, aber warm. Nele und ich schwimmen im Meer und sammeln Muscheln, während Oma und Inge mit nackten Füßen durch das niedrige Wasser am Strand entlangspazieren. Danach fallen wir alle über die leckeren Sachen im Picknickkorb her.

Der erste Tag am Meer geht viel zu schnell vorbei. Gegen Abend machen wir vier es uns auf einer Decke im warmen Sand gemütlich. Eng aneinander geschmiegt schauen wir zu, wie die Sonne am Horizont versinkt und dabei das Meer in die schönsten Rot- und Orangetöne färbt. Müde und glücklich packen wir unsere Sachen zusammen und machen uns auf den Rückweg zum Ferienhaus. Dort angekommen rufe ich Mama kurz an und erzähle ihr von unserem ersten Urlaubstag. Anschließend dusche ich mich schnell ab und kuschele mich neben Nele ins Bett. Wir reden noch ein paar Minuten über den schönen Tag, dann schlafen wir beide völlig erschöpft ein.

Vier Tage können furchtbar lang sein

Als ich heute Morgen aufwache, liegt Nele schlafend neben mir. Leise stehe ich auf und schleiche mich aus dem Zimmer und die schmale, steile Flurtreppe hinunter. Wahrscheinlich schlafen Oma und Inge auch noch, denn es ist ganz still im Haus. Unten angekommen, höre ich Oma auf der Terrasse leise sprechen. Als ich etwas näherkomme, sehe ich, dass sie gerade telefoniert. Sie sitzt gemütlich auf dem Gartenstuhl und hält in der anderen Hand ihre Kaffeetasse.

„Natürlich, was glaubst du denn, Jo. Als ich heute Morgen wach wurde und meine Brille noch nicht anhatte, hätte ich beinahe Inge neben mir im Bett einen Guten-Morgen-Kuss gegeben“, erzählt Oma heiter ins Telefon. „Ja, wenn ich es dir doch sage“, versichert sie meinem Opa am anderen Ende der Leitung und lacht sich fast kaputt. „Ja, das werde ich, aber sicher ... mach das ... gut, richte ich aus ... Ich liebe dich auch, mein Schatz ...", dann schickt Oma einen Kuss durchs Telefon und legt schmunzelnd auf. Sofort muss ich an Lennard denken und mein Herz wird richtig schwer. Oma hat mich jetzt entdeckt und winkt mich zu sich herüber.

„Guten Morgen, meine Liebe", sagt sie liebevoll und lächelt mich an. Ihr Gesicht ist noch ein bisschen zerknittert vom Schlafen, aber ihre Augen strahlen schon am frühen Morgen. „Liebe Grüße von Opa Jo, ich habe ihn eben angerufen", berichtet sie mir.

„Guten Morgen, Oma. Danke, was sagt er so?"

„Alles beim Alten in Harlingen, er hat sich für die nächsten Tage bei deiner Mutter zum Mittagessen eingeladen." Na, das sieht Opa ähnlich, der lässt es sich auch gutgehen. Genau wie wir.

„Oma, vermisst du Opa eigentlich sehr?“, will ich wissen.

„Ja, schon“, antwortet sie. „Aber ich weiß ja, dass ich ihn am Samstag wiedersehe. Und inzwischen freuen wir uns umso mehr aufeinander.“ Sie lächelt mich an. „Und du, vermisst du auch jemanden?“

„Ja“, gebe ich verlegen zu, „ich vermisse Lennard.“

„Das habe ich mir gedacht.“ Oma streichelt mir zärtlich über die Wange. „Das ist doch schön.“

„Ich finde das eigentlich gar nicht schön. Er fehlt mir manchmal so sehr, dass ich richtig traurig werde“, erkläre ich zerknirscht.

„Es sind ja nur noch zwei Tage“, versucht sie mich zu trösten. „Und was glaubst du, wie schön es wird, wenn ihr euch endlich wiederseht?“

„Ja, hoffentlich.“

„Aber sicher doch, warte einfach ab", sagt Oma zuversichtlich.

„Ja, das muss ich wohl", antworte ich und fühle mich schon etwas besser.

Wir decken gemeinsam den Tisch und machen uns anschließend auf den Weg zum Bäcker, der nur ein paar Straßen von unserem Ferienhaus entfernt ist. Es ist ganz schön kühl heute Morgen. Als wir zurückkommen, ist es noch immer ganz still im Haus. Oma und ich setzen uns mit einer Tasse Tee in die Küche, denn frische, kalte Luft haben wir vorerst genug. Mit dem Frühstücken wollen wir auf die beiden anderen warten, deshalb spielen wir ein bisschen Rommé. Es ist fast halb 10 Uhr, als Nele und Inge die Treppe runterkommen. Sie freuen sich über den hübsch gedeckten Tisch, möchten aber vor dem Frühstück gerne noch Rommé mit uns spielen. Das liebe ich so an Urlaub, dass man einfach das tun kann, was man gerade möchte. In Harlingen kämen wir nie auf die Idee, den halben Vormittag mit Kartenspielen zu vertrödeln, hier allerdings finde ich das richtig toll.

Den Rest des Tages verbringen wir vier wieder am Strand. Heute ist es etwas kühler und Nele und ich sind zu feige, um im kalten Wasser zu schwimmen. Stattdessen genießen wir den Wind und die Sonne, spazieren kilometerweit am Strand entlang und sammeln immer mehr Muscheln. Nachdem wir einige Sandburgen bewundert haben, kommt uns die verrückte Idee, selbst eine zu bauen. Und ihr werdet es nicht glauben, aber Oma Nita und Inge sind begeistert und helfen mit. Wir knien im Sand und scharren und schaufeln mit bloßen Händen, da wir sonst nichts zur Hand haben. Doch es funktioniert und am Ende sind wir mächtig stolz auf unsere Sandburg, die wie eine Mischung aus Cinderellas Schloss und

Frankensteins Burg aussieht. Von den vorbeispazierenden Menschen werden wir beäugt und belächelt, doch das macht uns nichts, denn wir haben riesigen Spaß.

Am Abend kuscheln wir uns im Ferienhaus alle nebeneinander auf die kleine Rundcouch und schauen uns einen Film auf Holländisch an, da wir hier keinen deutschen Fernsehsender empfangen können. Nur verstehen wir leider kein Wort, trotzdem lachen wir uns die ganze Zeit schief. Plötzlich kommt mir eine Idee. Wir schalten den Ton aus und synchronisieren die Schauspieler selbst. Oma Nita spricht für die eingebildete ältere Dame, Tante Inge spricht für den hübschen jungen Mann im Film und verstellt dazu ihre Stimme zu einer tiefen Männerstimme. Nele ist die erfolgreiche junge Frau, die ab und zu ins Bild kommt und ich bin der Polizist, der anscheinend eine wichtige Rolle spielt.

Wann immer der Polizist ins Bild kommt, sage ich: „Ich weiß, dass sie es getan haben, geben sie es zu!“, und alle lachen sich halb schlapp.

An diesem Abend sind wir so aufgedreht, dass Nele und ich in unserem Bett noch ewig wach liegen und über die Dinge sprechen, die uns beschäftigen. Wir reden über den Urlaub, die Ferien und auch über Sam und Lennard.

„Nele, vermisst du Sam?“, frage ich neugierig.

„Ja, manchmal ein bisschen, obwohl, hier ist so viel los, dass ich kaum Zeit habe, an ihn zu denken“, verrät mir Nele. „Und du, vermisst du Lennard?“

„Ja, ich vermisse ihn schon sehr“, gebe ich zu. „Ständig muss ich an ihn denken: wenn ich einen blonden Jungen am Strand sehe oder wenn wir Gummibärchen essen, die isst er doch so gerne. Oder wenn im Radio ein romantisches Lied kommt oder wenn ich höre, wie Oma mit Opa telefoniert.“

„Mann, Sina, dich hat es aber echt erwischt!“, stellt Nele grinsend fest.

„Ja, ich glaube auch“, gebe ich zu.

„Ich habe es die ganze Zeit gewusst!“, lacht Nele auf.

„Aber lass uns jetzt lieber schlafen“, wechsele ich das Thema. Ich wünsche Nele „Gute Nacht“ und drehe mich zur Seite.

„Gute Nacht“, wünscht sie mir zurück und tätschelt mir sanft den Rücken. „Sind ja nur noch zwei Tage, bis du ihn wieder siehst“, flüstert sie leise.

„Ja, ich weiß“, erwidere ich und spüre, wie mir eine einzelne Träne die Wange herunterläuft.

Nicht mehr lange bis zum Wiedersehen

Auch an diesem Morgen bin ich als Erste wach, das denke ich zumindest. Deshalb schleiche ich die steile, knarrende Treppe auf Zehenspitzen hinunter, um niemanden zu wecken. Unten angekommen, begrüßt mich Oma strahlend.

„Guten Morgen, meine Liebe. Unser letzter Urlaubstag in Breskens, bevor wir morgen früh wieder zurückfahren. Was sollen wir heute alles anstellen?“, fragt sie begeistert.

„Ich weiß es nicht, ich bin noch gar nicht richtig wach. Wann bist du denn aufgestanden?“, meine ich zu Oma und gähne erst einmal ausgiebig.

„Ich bin seit mindestens einer Stunde auf, habe bereits frische Brötchen besorgt, die Zeitung gelesen und mit Opa Jo telefoniert. Wir müssen heute unbedingt in die Stadt fahren und Postkarten besorgen. Das haben wir ganz vergessen. Wenn wir uns beeilen, kommen die Karten mit viel Glück morgen noch vor uns an", hofft sie.

„Warum telefonierst du eigentlich jeden Morgen mit Opa?", frage ich etwas erstaunt.

„Weißt du, Sina, dein Großvater und ich sind jetzt 44 Jahre zusammen und davon fast 42 Jahre verheiratet, und es gab noch keinen einzigen Tag, an dem wir uns nicht ‚Guten Morgen' gewünscht haben. Wenn wir nicht miteinander im Bett aufwachen konnten, weil Opa auf Montage war oder einer von uns im Krankenhaus lag, so haben wir uns doch jeden Morgen zumindest angerufen und uns einen guten Morgen gewünscht. Nach 44 Jahren hören wir damit bestimmt nicht mehr auf!", sagt sie lachend und streichelt mir über die Wange.

Wenn ich Oma so über Opa reden höre, muss ich wieder an Lennard denken und spüre sofort ein Kribbeln in meinem Magen. Was er jetzt wohl gerade macht? Ob er noch schläft? Ob er mit Sam heute ins Schwimmbad geht? Und ob er wohl manchmal an mich denkt? Da fällt mir Omas Idee mit den Postkarten wieder ein. Ich werde Lennard eine Postkarte schicken. Ja, das mache ich. Aber was schreibe ich ihm? Zum Glück habe ich noch Zeit, mir etwas zu überlegen. An meine Eltern und einige Freundinnen muss ich auch unbedingt Karten schreiben.

Nachdem alle Schlafmützen aufgestanden sind, frühstücken wir zusammen, spielen anschließend wieder Rommé und genießen die gemeinsame Zeit. Am Nachmittag fahren wir in die Stadt und shoppen durch die Läden. In einem Kleidergeschäft finde ich zwei tolle T-Shirts, die Oma mir großzügig spendiert. Im

Souvenirladen kaufen wir einige schöne Geschenke für unsere Familien und Freunde zu Hause. Oma findet einen tollen Strohhut für Opa Jo und ich suche verzweifelt nach dem richtigen Geschenk für Lennard, da kommt Nele angerannt. „Schau mal, Sina, die hier nehme ich für Sam mit!“, ruft sie begeistert und zeigt mir stolz die Tasse in ihrer Hand. „Alles, was sie mir aus dem Urlaub mitgebracht haben, ist diese blöde Tasse“, steht darauf.

„Die ist super, die wäre perfekt als Geschenk. Nele, kann ich für Lennard dieselbe Tasse kaufen, wäre das okay für dich?“

„Na klar, ist doch cool, wenn wir den Jungs das Gleiche schenken. Und der Spruch darauf ist genial“, lacht sie zufrieden.

Nachdem wir alle mit Tüten bepackt sind und Tante Inge bereits die Füße vom Laufen wehtun, setzen wir uns vor ein Eiscafé in zwei hübsche Strandkörbe und gönnen uns ein riesiges, leckeres Eis.

„Hört mal, wenn wir gleich hier am Tisch die Postkarten schreiben, können wir sie dort vorne in den Briefkasten einwerfen. Vielleicht kommen sie dann morgen mit der Post noch vor uns zu Hause an!“, schlägt Inge vor.

Das ist eine gute Idee. Wir bitten die holländische Bedienung um ein paar Stifte und machen uns an die Arbeit. Die Postkarten für meine Familie und ein paar Freundinnen sind schnell geschrieben, doch die letzte, die schönste, die ist für Lennard ... Ich sitze davor und starre das Motiv an: ein gelber Sandstrand mit Muscheln und im Hintergrund das Meer. Im Sand liegen zwei Füße und alle Zehennägel sind mit unterschiedlichen, lustigen Gesichtern bemalt. Ich weiß einfach nicht, was ich Lennard schreiben soll.

„Hey Nele, was schreibst du denn auf Sams Karte?“, frage ich beiläufig.

„Na, das Übliche: tolles Wetter, toller Strand, tolles Meer, tolle Oma Nita, tolle Inge, tolle Sina …“, zählt sie auf.

„Na super, das hilft mir echt nicht weiter“, schimpfe ich. Oma Nita schaut mich mitfühlend an.

„Schreib deinem Lennard doch einfach, was du gerade denkst“, schlägt Oma vor.

„Das ist nicht mein Lennard“, beeile ich mich zu sagen.

„Noch nicht!“, gibt Nele ihren Senf dazu und schaut schnell wieder auf ihre Karte, als hätte sie nichts gesagt, trotzdem sehe ich eindeutig, wie sie unter sich grinst. Und dann weiß ich es plötzlich. Jetzt weiß ich genau, was ich Lennard schreiben werde. Mit einem Stift und Lennards Postkarte gehe ich ins Café zu der jungen holländischen Bedienung.

„Entschuldigung, sprechen Sie deutsch?“, frage ich langsam und deutlich.

„Ja, ein bisschen!“, antwortet sie mir.

„Können sie mir bitte sagen, was ‚Ich vermisse dich‘ auf Holländisch heißt?“, frage ich ganz verlegen.

„Natürlich, ‚Ich vermisse dich‘ heißt auf Holländisch: Ik miss je!“, erklärt sie mir lächelnd.

„Ah, okay, und würden Sie mir zeigen, wie man das schreibt“, bitte ich sie. Die junge Bedienung schreibt mir die drei Wörter auf einen kleinen Zettel und drückt ihn mir lächelnd in die Hand.

„Viel Glück“, wünscht sie mir noch und geht dann wieder an ihre Arbeit. Ich setze mich an einen kleinen Tisch ins Café, schreibe auf Lennards Karte „Ik miss je“ und darunter „Sina“. Mein Herz schlägt dabei wie verrückt. Kurz zweifele ich, ob ich ihm die Karte wirklich schicken soll. Ich atme noch einmal tief durch und höre auf mein Herz. Ja, ich werde sie ihm schicken. Ich werde es tun. Voller Entschlossenheit gehe ich nach draußen zu den anderen.

„Können wir dann los", dränge ich, bevor mich mein Mut verlässt.

„Ja, sofern denn alle fertig sind?", fragt Oma in die Runde. Tante Inge bezahlt für uns alle und ich kann es kaum erwarten, die Karte in den Briefkasten zu werfen, denn dann gibt es kein Zurück mehr.

Den restlichen Abend bin ich fast nicht in der Lage, an etwas anderes zu denken. Was Lennard wohl denkt, wenn er meine Karte bekommt? Ob er den Text googelt oder jemanden fragt? Ich bin total aufgeregt und wünschte, es wäre schon morgen.

Endlich nach Hause

Um halb sechs bin ich bereits wach und kann einfach nicht mehr einschlafen. Unruhig wälze ich mich von einer Seite zur anderen. Ich würde gerne meine Kleider in den Koffer packen, aber dadurch würde ich bestimmt Nele wecken und schneller nach Hause käme ich so auch nicht. Die Minuten vergehen heute Morgen wie Stunden. Nachdem endlich alle aufgewacht sind, frühstücken wir ein letztes Mal gemeinsam. Im Anschluss packen wir unsere Sachen zusammen und verstauen sie im Auto. Jetzt müssen wir nur noch das Haus auf Vordermann bringen. Oma Nita wischt Staub, Nele staubsaugt den Boden, ich putze das Badezimmer und Tante Inge zieht die Betten ab. Es geht eigentlich recht schnell, weil alle mithelfen. Wir vier sind ein gutes Team. Meine Gedanken sind 450 Kilometer entfernt, nämlich bei Lennard. Was ist, wenn er gar nicht zu Hause ist, denke ich plötzlich. Wenn er auch spontan weggefahren ist oder mit seiner Familie einen Ausflug macht. Oh Gott, das wäre schrecklich.

„Sina, lass noch etwas weiße Farbe am Waschbecken!“, reißt mich Nele aus meinen Gedanken. Ich habe das Waschbecken wohl etwas länger als nötig geschrubbt. Nach einer gefühlten Ewigkeit sind wir endlich mit allem fertig. Das Auto ist gepackt, wir sitzen auf unseren Plätzen und machen uns auf den Weg nach Hause. Die Heimfahrt verläuft etwas ruhiger als die Hinfahrt, alle hängen ein wenig ihren Gedanken nach.

„Danke, dass ich mitfahren durfte“, meldet sich Nele zu Wort. „Das war wirklich ein toller Urlaub mit euch!“

„Gern geschehen, Nele“, antwortet Inge. „Ich fand es auch sehr schön mit euch dreien. Jederzeit wieder.“

„Auf jeden Fall!“, stimme ich zu. Wobei ich es zum Schluss gar nicht mehr erwarten kann, endlich nach Hause zu kommen.

Nach fünf Stunden, zwei Pipi-Pausen und einem kleinen Stau sind wir dann zurück in Harlingen. Wir fahren am Ortsschild vorbei und kommen unserer Straße immer näher. Schon aus einiger Entfernung sehe ich Mama im Garten und Milly, die Inges Auto erkannt hat und zur Straße läuft. Wir sind wieder daheim. Als Inge dreimal kräftig hupt, tritt auch Papa vors Haus. Meine Eltern drücken und küssen mich.

„Wir haben dich so vermisst“, versichert mir Mama.

„Schön dich wiederzuhaben“, sagt Papa lächelnd und drückt mich an sich. Milly springt die ganze Zeit an mir hoch und wedelt und jault vor Freude. Neles Mutter hat den Lärm bis in ihr Haus gehört und kommt schnell herausgelaufen, um ihre Tochter in die Arme zu schließen. Alle sind total froh, dass wir wieder da sind, und wir ebenfalls.

Nachdem sich die große Wiedersehensfreude etwas gelegt hat, gehen alle wieder ins Haus. Nele und ich bleiben einen Moment alleine auf der Straße stehen. Sie umarmt mich noch einmal ganz fest.

„Ich fand den Urlaub superklasse!“, sagt sie strahlend.

„Ich auch“, versichere ich meiner besten Freundin.

„Und, was hast du jetzt vor? Gehst du sofort zu Lennard?“

Nele schaut mich mit ihren großen Augen herausfordernd an.

„Ja, ich muss jetzt einfach zu ihm gehen. Ich muss ihn unbedingt sehen. In den letzten vier Tagen habe ich Lennard so sehr vermisst“, gebe ich ehrlich zu.

„Und was wirst du zu ihm sagen?“ Nele ist außer sich vor Neugier.

„Das weiß ich noch nicht. Irgendwie ist das doch jetzt auch egal. Ich will einfach sofort zu ihm“, sage ich fest entschlossen. „Wünsche mir Glück!“

„Viel Glück“, sagt Nele und gibt mir einen leichten Schubs. „Und nun hau endlich ab, sonst wird das ja nie etwas mit euch!“ Sie dreht sich um und läuft ins Haus.

„Aber du musst mir später alles erzählen“, ruft sie mir über die Schulter nach.

„Vielleicht“, rufe ich zurück und gehe los in Richtung Lennards Haus. Umso näher ich diesem komme, desto schneller wird mein Herzschlag. Ich gehe mit schnellen Schritten voran und bleibe mit pochendem Herzen vor seiner Haustür stehen. Meine Hand zittert, als ich die Türklingel drücke. Mein Herz schlägt mir mittlerweile bis zum Hals und meine Hände sind vor Aufregung ganz feucht. Im

Hausflur kann ich Schritte hören und sehe, wie sich die Tür langsam öffnet. Es ist Claudia, Lennards Mutter.

„Oh, Sina, hallo. Seid ihr wieder aus dem Urlaub zurück?“, fragt sie freundlich.

„Ja“, antworte ich kurz. „Ist Lennard da?“

„Leider nicht. Er ist vor etwa einer halben Stunde weggegangen, ich weiß allerdings nicht, wohin. Tut mir wirklich leid“, sagt Claudia bedauernd.

„Ah, okay“, sage ich leise und versuche mir meine Enttäuschung nicht anmerken zu lassen.

„Wenn er nach Hause kommt, sage ich ihm sofort, dass du da warst“, versichert sie mir.

„Ja, danke“, ist alles, was ich gerade noch herausbekomme. Völlig enttäuscht gehe ich die Straße entlang nach Hause. Das wäre ja auch zu schön gewesen. Warum sollte Lennard denn ausgerechnet daheim auf mich warten, er hat natürlich Besseres zu tun, sage ich mir, und bemühe mich, nicht loszuheulen.

Als ich kurz darauf über unsere Hauseinfahrt gehe, fällt mein Blick hinüber auf die Wiese zu unserer Hütte. Ich traue meinen Augen nicht. Vor unserem Häuschen sitzt Lennard. Er schaut zu mir herüber und lächelt. Ein Kribbeln fährt durch meinen ganzen Körper. Während ich etwas zögernd auf ihn zugehe, steht er auf und kommt ebenfalls auf mich zu. Nur noch wenige Meter, dann stehen wir uns direkt gegenüber. Er hält etwas in seiner Hand, was ich sofort erkenne. Es ist meine Postkarte, er hat sie also bekommen. Lennard kommt einen letzten Schritt auf mich zu und nimmt meine Hand.

„Hi, Sina, ich hab dich auch vermisst. Und frag nicht wie!", gibt er strahlend zu. Ich lächle ihn nur an und bringe vor Verblüffung kein Wort heraus. Lennard lächelt zurück und zieht mich noch näher zu sich heran. Dann beugt er sich langsam zu mir herüber und küsst mich. Als sich unsere Lippen sanft berühren, fährt es mir wie ein Stromschlag durch meinen ganzen

Körper und tausend Schmetterlinge flattern wild in meinen Bauch herum. Es ist mein erster Kuss. Der perfekte Kuss. Und ich bin einfach nur glücklich.

Wenn mich jetzt jemand fragen würde „Wo ist für dich der schönste Ort auf der Welt?“, dem würde ich diesmal antworten „Genau hier, auf dieser grünen Wiese, bei strahlendem Sonnenschein, in Lennards Armen.“

Ende

Danksagungen

Als erstes möchte ich meiner lieben Mama danken, die mich, ohne es zu ahnen, zu diesem Buch inspiriert hat. Ebenso danke ich meinen lieben Testleserinnen, allen voran meiner Freundin Anja M. (Ähnlichkeiten mit Personen im Buch sind rein zufällig und nicht beabsichtigt). Ganz lieben Dank an Claudia L. für deine wundervolle Kritik und die ermutigenden Worte, ebenso an Melanie J., Eva H., Carina G. und meine liebe Schwiegermutter Engeline für ihr positives Feedback. Ein großes Dankeschön geht an Sandra G., deine Verbesserungsvorschläge haben mich auf den richtigen Weg gebracht.

Herzlichen Dank auch an Julie Sch., Ariana V. und Birgit H. für eure tollen Covervorschläge. Sie waren mir eine große Inspiration. Tausend Dank an Johanna Sch. mit ihrer Mutter Michaela, der lieben Gerlinde Z. und meinen Sohn Lutz für das tolle Fotoshooting anlässlich des Covers. Es war ein tolles Projekt und wegweisend für das Endergebnis.

An meine Nachbarin Fabienne ein riesiges Dankeschön für die Korrekturen, ebenso an Daniela M. für den spontanen, schnellen Einsatz.

Vielen Dank an Stephan Moll vom gleichnamigen Verlag, dafür, dass Sie an mich und Sinas Sommer geglaubt haben und mir bei der Verwirklichung meines Traumes geholfen haben und ein großes Dankeschön an Stefan L., für Ihr Interesse und Ihre guten Ratschläge. Ebenso möchte ich mich bei meiner Lektorin Silke Kranz für ihre tolle Arbeit bedanken.

Dankeschön an meinen Mann, der mir gerade im Endspurt den Rücken freigehalten hat und an meine beiden Söhne fürs Mitfiebern.

Und last but not least ein riesiges Dankeschön an meine liebe Oma Nita, ohne die dieses Buch nie entstanden wäre.

Sabine Tressel